# 花脸

火仲舫 著

黄河出版传媒集团
宁夏人民出版社

**图书在版编目(CIP)数据**

花脸 / 火仲舫著. -- 银川：宁夏人民出版社，2019. 12

ISBN 978-7-227-07160-0

Ⅰ. ①花… Ⅱ. ①火… Ⅲ. ①中篇小说 - 小说集 - 中国 - 当代②短篇小说 - 小说集 - 中国 - 当代 Ⅳ. ①I247.5

中国版本图书馆 CIP 数据核字(2020)第 006344 号

**花　脸**　　　　火仲舫　著

责任编辑　陈　浪
责任校对　贺飞雁
封面设计　张　宁
责任印制　肖　艳

黄河出版传媒集团
宁夏人民出版社 出版发行

出 版 人　薛文斌
地　　址　宁夏银川市北京东路 139 号出版大厦(750001)
网　　址　http://www.yrpubm.com
网上书店　http://www.hh-book.com
电子信箱　nxrmcbs@126.com
邮购电话　0951-5052104　5052106
经　　销　全国新华书店
印刷装订　宁夏精捷彩色印务有限公司
印刷委托书号（宁）0016125

开本　720 mm × 980 mm　1/16
印张　13
字数　160 千字
版次　2019 年 12 月第 1 版
印次　2019 年 12 月第 1 次印刷
书号　ISBN 978-7-227-07160-0
定价　39.00 元

# 我所认识的火仲舫老师和他的作品

马金莲

第一次近距离见到火仲舫老师真人真面，是在我师范学校毕业以后。

在此之前，早就知道了火老师其人。早年间我父亲常带回来一本叫《六盘山》的杂志， 我懵懵懂懂地阅读着，有一篇叫作《傻丈夫》的文章给我留下了深刻印象。父亲见我看得投入，笑呵呵的，接过杂志，指着一个人的名字，说这个人他认识，在什字中学教过书，很早就写作，写了很多文章。

一抹神奇的感觉在心里滋生，我重新翻开杂志，目光定格在《傻丈夫》上，从头再看，看完了回味、咂摸，反复默念这个名字：火仲舫。一直以来，总以为书写文章的人，都是远离我们的人，那些人遥远又神秘，具体身份和模样不是一个乡村孩子所能够想象的。意外的是，这篇文章的作者，就是本地人，居然还和父亲认识。我悄悄打量父亲，父亲还是父亲，一个端着半碗饭的乡政府干部，从他身上我只看到自己从小就熟悉的一个人，真的没法通过他去想象写出《傻丈夫》的作者。

等我到固原师范念书，火老师是固原文联的副主席，有时候被学校邀请来参加文学讲座，是个相貌忠厚的长者，说话声音浑厚，语速不急不慢，总是面带微笑，给人很和蔼的感觉。我毕业后，我们有幸在一起外出参加一个文学活动，大家一起坐着随意交流，火老师忽然回头问我："你父亲好吗？我在什字中学教书的时候认识他。"作为小青年的我当时很激动，也很紧张，手心里汗都出来了，结结巴巴地说了父亲的近况。等我再见到父亲，马上把这件事告诉了父亲。父亲含笑说火老师他很用功啊，这些年坚持了下来，这个可不容易啊。那时节写作都是在稿纸上，一笔一笔地抄，要比现在的人吃力多了。

2016 年我们在西吉县参加一个文学活动，中午休息时间大家坐在一起闲话，我们几个年轻人环绕着火老师，听他讲文学和人生。火老师一脸历经人世后的沧桑和看透一切的豁达，慢慢地说着自己怎样一步一步走过写作道路的这几十年。我望着这位年岁比自己大了一倍还要多一些的长者的面庞，恍然走神。再过几十年，我也将是这样的年岁，还能有这么健康的身体和不衰的热情，以及一腔热诚爱着文学、坚守着文学的心吗？不知道。真的很难说。火老师他是坚持下来了，确实不容易。其间火老师说到自己现在最大的心愿，就是把这些年的文学创作成果整理后成套出版。这是一个浩大的工程，所以必然面临着不少困难。我默默听着，这些困难确实让人却步。

现在，火老师的中短篇小说卷《花脸》要出版了，听闻消息我十分高兴，当火老师说想让我写个序言，我有种受宠若惊的感觉，不敢马虎，在工作生活之余安排专门的时间读完了十六万字的书稿。

《石城历险记》更像是一篇传奇故事，故事性很强，需要一口气读完。一群外来者，为了拍摄一个特殊题材，靠近了一座早年废弃的古城，随着脚步的深入，一连串奇异的事情发生了。早年的匪患、农民起义和各种神奇传说、突然失踪的摄影器材、附近村民遮遮掩掩的神色……使得石城笼罩了一层神秘的色彩。最后大家一步步深入，终于揭开了这层面纱，真相大白于天下，却是当地一位被生活逼上绝路的青年男子装神弄鬼演绎的令人啼笑皆非的故事，同时也铲除了为害一方的蟒蛇之害。文字娴熟，文笔老到，线索设伏合理科学，读来引人入胜，遗憾的是文学性相对弱了一些。

《花脸》作为一部五万字的中篇，是一个好看又耐读的文本。省京剧团的金枪王老爷子，在带人进京演出《伐子都》时，本来由滕飞扮演的角色临时由东方出演，象征身份的御赐金枪也由东方传承，一场师徒、师兄弟之间的明争暗斗由此展开。演出现场师徒俩遭到暗算受伤，事件由此成为剧团必须改革的导火索——各种流言蜚语在背后乱飞，明争暗斗纷纷上演。一团乱麻中，上级组织派来了剧团新书记郑忠。可以说郑忠是顶着各种压力走马上任的，迎接他的宴会上，一出《将相和》，一出《盗仙草》，一出《伐子都》，把他这位新书记将要面临的复杂形势和剧团繁杂交错的人事关系一一牵出。形势所逼，剧团发展改革、兴利除弊势在必行。文中同时以剧本《曹操与汉室》的创作、排演到正式上演为线索，现实和戏剧两条线索同时推进，丰富精彩，十分引人入胜。塑造了“金枪王”老爷子、郑忠、东方等生动活泼的人物，就连冯一阁、水芙蓉、王凤琴、肖奎等次要人物也都面目清晰、性格明显。尤其文中穿插的大量京剧专业知识，展现了作者丰厚的内行的戏剧知识积淀。

短篇《关于〈花旦〉故事》从四个小节写了《花旦》一书在社会不同层面引起的反响。

中篇小说《李大柱的婚事》，以第一人称叙述切入，写了李有仁一家卷入一场乡村婚姻纠纷的故事，经过一系列追讨彩礼等事件，最后以不了了之的结局画上了句号。但读完在人心里引起的思考却久久回旋，仔细咂摸，五味杂陈，随着社会变迁，乡村也在发生变化，人心和人性也在经历一个裂变的过程，文本具备现实意义。

中篇小说《叼来的媳妇》中开篇便写：“我的奶奶是叼来的。这是事实。我的妻奶奶也是叼来的。这是奶奶说的。”

故事以第一人称叙述，“我”，王子亮，一个外出务工的西海固青年，在打工返程途中遇到同乡女孩田静静，一对男女一路同行摩擦出爱情火花，但是深入了解后，他们遇到了阻力，这阻力不是年轻人自身，而是老一辈人。“我”的爷爷奶奶和田静静的爷爷奶奶之间有着难以化解的恩怨。早年的恩怨像一道鸿沟，横在一对恋人面前难以跨越。为了获得真挚的爱情，为了战胜面临的困难，一对男女展开了不屈不挠的斗争，随着他们的感情一步步增进，老一辈人的故事也一点点揭开了被岁月蒙尘的面纱，展现出特定年代的一桩离奇故事。

短篇小说《走雪山》是火老师的新作。小说穿插传统剧《走雪山》的情节，写一对青年男女在大雪封山的夜晚，坚守道德底线，相互帮助、共渡难关的故事。

火老师的处女作《我的傻丈夫》，便是我当年在《六盘山》上读到的，如今重新读来，恍如当年，短短四千字，却已经能看出作者的文字功底了。

另外我还读过火老师的散文集《西吉风景线》《飞翔的情绪》，长篇小说《花旦》《坚硬的土堡》《柳毅传奇》《浪子吟》等作品。

我一方面孜孜不倦地从阅读中汲取着养分，一方面不得不感叹火老师的勤奋高产。这些年他一面工作一面创作了如此多的文学作品，不仅总字数多，种类也十分繁杂，涉及了小说、散文、报告文学、评论、剧本等各个门类。

现在小说集《花脸》要出版了，由衷地为火老师高兴。对于作家来说，文字就是自己的孩子，几经打磨修改，以至终于面世，是一件重要的事，也是喜事，再次为《花脸》欣喜。

2017年3月于固原

（作者系中国作家协会会员，宁夏作家协会副主席，固原市作家协会主席，第七届鲁迅文学奖获得者）

# 目录

CATALOGUE

·传奇小说·

# 石城历险记

○ 这是发生在火石寨的故事。

○ 群山之中，怪怪儿矗立着一座石城，堪称天险。

○ 摄影机、摄像机不翼而飞，到底是外星人作祟，还是蛤蟆精施怪？

○ 土达满俊巧使飞刀，老羊倌道破天机；和尚寻花问柳，鬼影扰乱视线；案情扑朔迷离，意境错综复杂。

○ 原来，巨蟒施淫威，和尚本无辜；警察不幸牺牲，蚂蚁出奇制胜……

## 最感兴趣的差事

天宇文化传媒公司要拍摄一部反映明朝中叶蒙元后裔土达满俊举义石城、反抗明庭的武打片，某电影制片厂知名导演达观的助理导演陈峰前来联系选外景事宜。他们一行五人到了县上，县委宣传部派了我和干事小马当向导。这次给知名导演、摄影和编剧当向导，对于我这样一个土生土长的业余作者来说，无疑是一次千载难逢的学习机会。为了熟悉情况，体验生活，积累资料，我偷偷地通过广播电视器材门市部的负责人古勇，借了一架 1/4 型进口索尼摄像机，准备摄取几组珍贵的镜头。我到县政府宾馆给他们订了房子。达观导演一行到来后，就投入了工作。

陈峰导演看上去三十上下，浓眉大眼，皮肤黝黑，语言幽默，表情滑稽，时不时总要提到“我们的达导”。他一会儿普通话，一会儿满口陕西关中腔，逗得人不得不笑。同来的摄影师老周五十来岁，不大多说话，他的目光总是给人一种琢磨人和事的感觉，不是环视整个空间，就是凝视某个角落，就像他所操纵的镜头一样：推、拉、跟、摇，化入化出，特写定格，使人琢磨不透。编剧之一的谢灵，有点像老周。从他们的言谈中可以得知，他们掌握的材料还算丰富，大到当时明廷的历史背景、社会状况，小到有关满俊的传说、家庭生活、爱好习俗，甚至一句话，一个物件，都会令他惊喜不已、如获至宝。我搜集的这一点资料和谢灵所掌握的情况相比，简直是小巫见大巫。尽管如此，他对我提供的资料还是很感兴趣。司机胖刘可不管他们的事，他刚停好车，就进洗澡间洗澡去了。冲完澡，他不管有女士在场，裹着睡衣斜躺在床上看电视。场记李虹不像他们几位男士，她总是见缝插针，恰到好处地把自己的话插到别人说的话的空隙里。我们总是因为一件小事争得面红耳赤，而陈导演、周摄影师和谢编剧都会巧妙地把话题引到石城上来。

## 神奇的地貌

大家共进晚餐的时候，陈导演说：“我们达导对拍摄这部片子信心很足，要在武打片走下坡路的今天，另辟蹊径，闯出一条新路子，拍摄出当代的《少林寺》来，创造武打片最高的上座率。”吃过晚饭，大家都看电视新闻，唯独谢编剧一遍又一遍不厌其烦地翻阅资料。《明史》《平凉府志》《固原州志》《西吉县志》，他都不放过，甚至连我的小文《火石寨览胜》也感兴趣。当他翻到《明史纪事本末》卷四十一中我用红笔画了标记的几段话时，眼睛突然一亮，便十分专心地阅读起来：

“石城在众山中，去平凉府卅千里（实际上只有一百多公里），四面峭壁，数十仞，无径，非引绳不可登。西山顶平，可容数千人。山罅皆墙，高二三丈。城中有数十池可汲，池外设栈道，而栈道则筑小城护之。前有山高数仞，如拱璧状，山后筑墙，高二丈五、六尺，各留小门，仅容单骑。城外皆乱山。盖昔人之避乱者，不知所始。满四等往猎射，故熟知其险可据。而先掘地得前代行帅印，心动，遂叛，入居。”“（满四）自叛逆以来，前后大小三百余战，杀（明军）一伯三指挥，官军死者数千人。”“据说，明成化四年十一月二十一日，满四要出战，其妻观宝镜有凶兆，力劝勿战。偏将杨虎力用言语激满四，并说愿随满四出城助战。于是满四骑马前往，虎力随后，激战中，满四不防，被虎力砍断马腿，满四跌下坐骑，被明军生擒。明军乘胜追击，踏平石城。”

谢编剧专注的神情影响了陈导演，他看了看打了标记的资料，又看了看我，说：“没看出，你还是个有心的人。好好干吧，年轻人，但愿你能成为我们最理想的协拍人员。”

第二天，我起了个大早，带上摄像机去了宾馆。我们一同用过早餐，乘坐他们的面包工作车上路了。车子驶过早晨行人稀少的柏油马路，便一头扎进了深山老林。

干涸的沙石河床被淘沙石的人掘得坑坑洼洼的，极不平整。小车不得不放慢了速度。车子沿着弯弯曲曲的沙石河床行驶将近一个小时，因道路狭窄，再也无法行驶了，就停在一块地势较高的河床上。然后，我们带着摄像机、电源器、照相机、绳子、爬崖器和升降梯等什物，向石城走去。经过曲径通幽地几转弯，一座形似卧牛的大石山包便矗立在我们眼前。我指给他们看：那就是号称天险的石城！

记得我上中学时，曾几次与同学们来过石城，但因四面陡峭，东南的石阶被人凿断而未能登城观光。近几年来，县上也曾有过修复石城开辟旅游景点的打算，但终因经费无着而未能实施，所以慕名而来的游人只好望城兴叹。这一回，我们借助剧组同志带来的升降梯和爬崖器，一定要登上石城顶端，一睹风采。

通过一段乱石滩和瓦砾场，来到石城下。嗬，面前石壁耸立，遮天蔽日，真有“冈峦峻巍入云标”的意境。

陈导演发挥了他的职能，指挥大家做好登城的准备工作。“出门三步，小人受苦。”何况我和小马又是此地向导。由我们二人各绑上一副爬崖器械，带着绳子，扛着梯子，艰难地爬那隐约可辨的人凿石阶。起初还能站住脚，爬到中间就不行了。石阶越来越窄越来越陡，中间一大段还被人凿断，无法通过。我们按照陈导演的指挥，极小心地搭了升降梯，形成了“天桥”。我和小马屏住呼吸，心惊胆战地过了“天桥”，登上石城。我们找了一块突起的大石头，把粗壮的绳子的一头拴在大石头上，另一头抛下石城去，让他们五人攀着绳索，踩着石阶和“天桥”上城。我和小马下了石阶，小马帮老周背上电源器，我护理李虹——怕她吓晕掉下城去。

“胆放正，别怕。”我紧跟在小李身后，一边轻轻地扶着她的后腰，一边不住地为她正胆。这可是一点儿也马虎不得的事情。小李一改平时的活泼，双手拽着绳子，一步接一步地慢慢移动。经过了足有半个小时，才攀上了石城顶端。

“哎呀，我的妈呀，吓死人了！”小李一屁股蹲在城上的草地上擦汗，大家也都长长地吁了一口气。

石城顶部呈椭圆形，从西到东有七口四方形的水窖，窖口或大或小不等。窖内都积蓄着水，积水表层漂着一层薄薄的绿盖，发出腥污味儿。在石城东北角上，有一间比较宽敞的石房子，墙壁还凿有窗口，屋内墙壁被烟熏得黑魆魆的。据说那是当年满四义军的哨所。石城南边怪石裸露，堆满了瓦砾，还能捡到散落的铜钱、刀尖和箭头之类的东西。北边地势比较平坦，杂草丛生，不知名的野花犹如繁星点缀其中，使石城于荒凉之中透出一点生机。站在石城上，环视四周，怪石林立，气象万千。脚下的石城犹如大海中的一座荒岛。这就是“西吉八景”之一的“石城天险”吗？触景生情，抚旧怀昔，我不由得低声吟诵起描写石城天险的一首诗来：

冈峦峻巍入云标，朝日苍茫夜寂寥。
飒飒风声沉万壑，森森剑气透重霄。
石级有路凭谁凿，荒城无烟待人烧。
残垒徒资斜阳照，牧马悲嘶已非遥。

“哎呀，真不愧是个天才诗人，触景生情作起诗来了。”小李又恢复了常态，施展起她逗人取乐的本领来了。我说：“这是‘西吉八景’中描写‘石城天险’的一首七律。”

小李有点感到意外，她说：“你们这儿也有‘八景’？”

“我们这儿不但有八景十景，而且不比你们关中的八景逊色多少。这石城，你们关中有吗？”我说。

小李说：“人家关中的‘华嵛仙掌’‘太白积雪’‘骊山晚照’……还有什么‘咸阳古渡’，比你们这石城名气大多了……”

我说：“它有它的名气，石城有石城的特色，不能一概而论。”

“你们都别嚷了！”我、小李与小马嚷得正起劲，周摄影师突然打断了我们的争执，“这石城上有许多怪现象，你们发现了吗？”

“什么怪现象？”大家异口同声地问。

“这石城只有花香，怎么不见鸟语？”

经周摄影师这么一说，大家才恍然大悟。是啊，这座天然石城从荒凉程度看，至少有近百年没有人上来过，它犹如海上的一块绿岛。海岛上鸟类成群，鸟蛋遍地，可这石城上不但见不到鸟类、鸟蛋，甚至连鸟粪、鸟毛也没有。

“还有。”周摄影师又说，“这石城上好像有一股什么味儿，你们嗅到了没有?”

我们几个的感觉不一样，有的说好像有，有的说好像没有。小李说是石窖里面的污水散发出来的臭味儿，老周连连摇头否认。小马指着那一堆堆蚂蚁窝说：“恐怕是蚂蚁窝里发出的气味。”

我们都附和着说：“大概是的。”

可老周还是摇了摇头说：“不像。”

石城上确实有点怪：没有鸟类，却成了蚂蚁的王国。黑的、黄的，大者如蜜蜂，小的像蚊子。我们把黑蚂蚁叫土蚂蚁，把黄的叫洋蚂蚁。一群群黑蚂蚁把石头表层的黑土“建设”成一个个大小不等的圆土丘，就像一坨坨发起的面包；黄蚂蚁则用草秸结成一座座小小的洋楼。它们都在各自的安乐窝里忙碌着。看见这么多这么大的蚂蚁，不由我身上起了一层“鸡皮疙瘩”，大腿也神经质地痛痒起来。

小时候，我同伙伴玩蚂蚁，用削尖的小棍子掘蚂蚁窝，掏蚂蚁蛋。把积在一起的蚂蚁卵子放在火柴盒里，然后掏上还没有长毛的麻雀儿子，放在蚂蚁卵子上，让它当鸡妈妈孵小鸡。结果，就招来一群群蚂蚁，把红几几的麻雀儿子咬死，然后当作美餐吃掉。有一次，我们照样玩蚂蚁，有大一点的孩子就捉弄我们，把蚂蚁放在我们的小鸡鸡上，结果，让蚂蚁们狠狠地咬了一顿，肿了起来——真是十八岁的丫头害奶疮——疼得挨不住，又羞着说不出。我最知道蚂蚁的厉害，但我当然不能说出那难以启齿的事，只有变脸失色地提醒大家：小心蚂蚁！

大家都进入自己的角色，选择不同的角度，取镜头的取镜头，做记录的做记录，观景致的观景致。

## 费解的疑团

我拍摄了几组照片，顺便取了几个镜头之后，突然觉得肚子胀，才想起因早上事务匆忙而忘了解手。我把小型摄像机和照相机小心翼翼地放在大石头背后的一块比较平坦的草地上，就转过去在大石头后面去解手。蹲下不一会儿，就感觉到有一阵风“呼”地刮来，我身不由己地向前一倾斜，差点儿爬倒。我只当是旋风刮来，也没有在意，就系好裤子站了起来。走过去一看，咦，两架机子哪里去了？我以为又是那个淘气的小李拿着去玩了，就走近他们几个人。他们六个人都在极认真地各干各的工作，身边并没有我的机子。我就问他们：“你们谁把我的机子藏起来了？”

听了这话，除了周摄像师专注地拍摄镜头外，其他几人都向我投来诧异的目光。

小马说：“两个机子你不是都带过去了吗，我们怎么会藏起来？”

是啊，除了司机胖刘外，他们五人每人都操着一件器材，身边再没有多余的东西。再说，我蹲下解手时，他们谁也没有过去。那么，两架机子到底哪里去了呢？

我又急忙返回放机子的地方，在四周寻找了几圈儿，还是不见机子的影子。我心中茫茫然，又赶紧跑到他们几个工作的地方，说：“机子确实没有了。”

周摄影师似乎才感觉到事情有点怪，他停止拍摄，一挥手说：“大家都过去找找看。”

他们六个人随我来到放过机子和我解过手的地方，大家极其仔细地在周围寻找，翻遍了能翻动的大小石头和每一丛茂密的杂草，除了那一堆堆一摞摞难以下脚的蚂蚁窝外，别的什么也没有。

我的心里恐慌极了。这架进口摄像机是门市部里的商品，赔款事小，弄不好还会受罚受通报批评。怎么办？我一屁股蹲在脚下的石头上，不知所措。这时，远处天边上一阵接一阵响起闷雷声，棉团似的白云朵迅速向天空扩散。

“发雷雨了，咋办?”小马难为情地问我。

地上的蚂蚁集结成长长的队伍，日急慌忙地搬运着土块和草秸。看样子要下大暴雨了。如果不及时离开这里，留在这石城上过夜，挨饿受罪事小，从山上冲下来的洪水卷走干河床上的摄影面包车可就事大了。

胖刘这下着急了，说：“要想办法赶快离开这里，发了洪水可就麻烦了。”

“我看是这样。”陈导演开始安排了，“今天咱们先回县城，明天再来帮助小钟寻找机子。反正除了咱们，别人是上不了石城的。”

老周说：“我看事情没有那么简单，回去得给县上有关部门汇报一下。”

雷声一阵比一阵响了，雪白的云彩也变成灰黑色的了。没有别的办法，我们只好暂时离开石城，先回县城。我和小马照例帮助他们五人攀着绳索，踩着“天梯”下了石城，然后取掉梯架。这时浓云已经布满了天空，电闪雷鸣，大雨将至。我们迅速赶到停车的地方，收拾停当，小车就带着一股黄土沿着河床奔跑起来。

## 另生的枝节

沙石河道本来就路难行。车子跑了一会儿，前面又遇见一群羊塞住了河道，一位干瘦的老头儿穿着一件旧毡袄，挥动着羊鞭连喝带赶，羊群还是让不开道：这只刚挪开，那只又填补进去。车子没办法越过羊群，只好跟在后面一个劲儿地打喇叭。胖刘司机一边打喇叭试图冲过去，一边口里骂着：“这鬼地方，这鬼天气。”

一阵阵狂风过后，铜钱大的雨点便落了下来，打得车窗玻璃“叭叭”直响。羊群跑起来了，小车也加快了速度。一声炸雷一道电光过后，大雨就倾盆而下。如果再顺河床走，车子就有陷进沙石河里被洪水冲走的危险。我和小马当机立断：车子离开河道，到放羊老汉家里避雨。司机他们几个人虽然不大同意，但面对现实，别无良方，只好听任安排。当车子停到老羊倌的独庄门台上的时候，地上已经起水了。当老羊倌发现我们一行不速之客冲进他们的院子的时候，显出极不情愿的神态。他说：“我家不宽便，没地方避雨。”

已经到了这步境地，谁还管他愿意不愿意？我和小马带着小谢和陈导，不容分说，冲进屋内。老周、小李和司机胖刘仍坐在车上没下来。

这是一座靠着崖面圈起来的小院落。院子不大，靠崖挖着三孔窑洞，有两孔窑安了门窗，其中一孔窑顶上烟囱里还冒着青烟。没有安门的一孔圈着羊。我们所在的屋子是一间面向西的房子，虽然砌着砖码头，但水泥活儿很是粗糙，墙壁镘得极不平整。靠窗户盘着一铺土炕，炕上铺着一领已经破了边的茅草席子，炕旮旯里立着一卷羊毛毡。炕是热的，散发着淡淡的牛羊粪便的炕烟味。屋子正面靠墙的地方泥着一个土台，土台正中摆着一尊泥塑的观音像，下面压着一只嘴张得老大的绿瓷蛤蟆，蛤蟆的大嘴里填着沙子，当插香炉使用。观音菩萨的面前台子上摆着香表和蜡烛。

雨越下越大。放羊老汉换了一件棉布裹肚，趿踏着两只泥脚片，一屁股蹲在门槛上，一脸的阴云，一言不发，好像是我们掘了他家的祖坟。还是陈导演有办法，他掏出牛肉罐头和易拉罐等食品和饮料，又掏出包装精致的香烟，一边往台上放，一边操着陕西话同老羊倌套近乎：“这是外国进口货，先敬菩萨老人家尝尝鲜。老人家，您也尝一尝，美得蘸蒜呢。咋，不吃？您甭客气。不吃白不吃，吃了白吃了。来咱们大伙都吃。”他把一盒烧牛肉罐头推在我面前，又专门打开一盒罐头，双手送到老羊倌的手中。他见老头推辞，就说：“咋，不敢吃？嗨，菩萨老人家都吃了，你还不吃？吃。”

我们几个人折腾了一天，此时确实饿了，就都不客气地大口吃起来。老羊倌见推不过，也慢腾腾地吃了起来。吃完了罐头，陈导演又把一支555牌烟递给了老羊倌：“给，带把的，一根几毛钱呢，过瘾哩。”老头就着陈导演伸过来的打火机点燃了烟，深深地吸了一口，脸上的“犁沟”也舒展了许多，话自然就多起来了。

老汉问：“客官到我们深山老林弄啥来了？”

陈导说：“上石城，旅游来了……就是说，游浪……”

“石城，你们上去来？”老羊倌的神情马上紧张起来，脸上的“犁沟”又深了。

小马说：“我们上去游了多半日，难上得很。”

老汉一听越发紧张了，他说：“你们都好着，没出事？”

我叹息了一声说：“人都好着，只是……”

陈导演怕我说出丢失机子的事，就赶紧截住了我的话头：“我们是天不怕，地不怕，神仙不怕鬼不怕，还能出什么事？”

不料，老羊倌一听这话，就扑通一下跪在地上，连忙磕头，并且一声接一声地说：“原来你们都是神仙、喇嘛。我老汉眼睛没水，不识神尊贵体，望众位神仙、喇嘛不要见怪！”

大家都被老羊倌的举动搞懵了。我和小马一边一个，连忙搀扶起了他。

老汉激动地说：“早晓得你们是神仙是喇嘛，我不该怠慢。你们来得正好，看来苍天有眼。”

老汉絮叨了一番后，点燃了几支香，虔诚地插在观音菩萨座下的蛤蟆口里。然后，他跪上炕，一把扯下炕角的毛毡，铺在破了边的炕席上。又说："你们坐着，我让老婆子做饭去。"说完，拖着一双泥脚片子哧沓哧沓地消失在院子的雨幕中了。不一会儿，门外车上除了司机胖刘坚决不肯进来外，其余两个人——老周和小李被老羊倌请了进来。我们从老羊倌的话中听出了端倪，想进一步从他口中得知机子丢失的线索，就故意把话往石城上引："石城好凶险哩。"

老羊倌说："谁说不是哩？"

老汉被我和小马扶上炕，陈导演又给他一支烟，他就讲开石城的故事来了：

"这石城是我们这达的一景。早些年满四在城上插旗造反，好不气派。朝廷也奈何不了他。据说满四他大也是个羊倌，跟我一样。有一天，他在山上放羊，乏了就躺在山坡上睡着了。忽然一阵清风吹过，来了两个白胡子老汉，一个对一个说，这个人睡在一块风水宝地上，若是把他先人埋葬在这达，坟头上就会长出一根芦子草。芦子草长到一百个节后，就能变成一把飞刀，用这把飞刀打仗，天下无敌，可得天下。满四大听得心动，就在心里打开了主意。他一骨碌爬起来，却不见了两个白胡子老汉。满四大就赶紧把羊吆回家，把梦见的事一五一十给满四说了。满四本来就是一个很不安分的人，他听了这话，就在心里打开他大的主意。为了赶紧得天下，当皇上，等不及他大百年，就把他大捆住活埋了。七七四十九天过后，他大的坟头上果然长出了一根壮壮的芦子草。满四高兴极了，天天跑到坟头看。那芦子长得真快，一天一个节。可是长到九十九个节就不再长了。你们当这是啥缘故呢？这就是满四做了短事，把他大活埋了。满四见芦子长不出节，急得没办法，就只好往芦子根上刨，他费了好大劲，才露出了一个小节节。他不管三七二十一，就把那芦子连根砍了。他拿了那根滴血的芦子草赶紧往家里跑，刚进家门，就看见一群鸡儿吃他妈晒在院子里的粮食哩，他就用拿芦子草的手顺手一扬，

‘呕食’了一声。这一‘呕食’不要紧，却见鸡头滚了半院子。他妈见了，就骂满四：你这冷虫，用啥法把鸡头剁了？满四也觉得奇怪，就对他妈比画着说：我见鸡儿害粮食哩，就用这芦子草‘呕食’了一下，鸡儿的头就……他还没说完，只见他妈的头也滚了下来。满四才知道这是飞刀的作用，就高兴得跳蹦子：我的飞刀成功了，我的飞刀成功了，我要当皇上了！于是，他趁老百姓闹饥荒，一呼百应，插旗造反，在石城上当了土皇上。当了几天，他嫌不过瘾，就想着要当全国的皇上。有一天，他心血来潮，就召集他的手下人商量事，说着说着，他就把手里的芦子草向着太阳升起的地方一指。只见‘唰’地一道电光向东飞去。据说，当时皇上正在金殿上商议着朝廷的大事，忽见一把飞刀‘嗖’地射来，端端儿刺在明柱上，明柱就裂开了一道缝子。如今的明柱上都有缝子，就是满四飞刀刺着落下的印子。你们知道，飞刀为啥没有刺着皇上？就是那芦子没有长够一百个节。皇上见有刺客，就派能掐会算的人明察暗访。查来查去，才知道咱这达的满四造反，就派了朝里的大将前来征剿。满四有飞刀，他老婆子有宝镜，能预兆吉凶，好生厉害。真是杀得天昏地暗，日月无光，尸骨堆山，血流成河呀。可惜满四是个草龙，没有星宿，终究打不过朝廷的真龙天子。满四的队伍让朝廷给降服了。满四被朝廷杀斩后，石城就冷落了好些年。后来……唉，又出了麻达……”

“什么麻达?”大家急切地问。

“离这石城不远，大概一百多里，有个西海子。西海子里有一个蛤蟆……”

老羊倌下意识地看了看土台上当香炉使的绿瓷蛤蟆，吸了口烟，又压低嗓门说：“西海子有一个蛤蟆精，专门抟冷子蛋打庄稼。每年到了粮食发黄的时节，就下冰雹冷子蛋，打得粮食颗粒不收，百姓叫苦连天。话说有一年，从西天来了两个喇嘛，念动真言，驾起祥云，砍断了那妖怪的一条后腿，那妖怪自觉不是对手，就驾云逃到咱们这石城上。那妖孽顽性不改，还干那吐雾作云，下冷子打庄稼的勾当，还吃人哩，连骨头都不吐。早些年，有好事的放羊娃或者不晓得底细的外地人，只要上了石城，就没有一个囫囵回来的。为了不再让人遭受祸害，县里面的人叫了两个有功夫的石匠，把石阶凿断了。打那以后，再没有人上石城去了。哎，你们是咋上去的，驾云？怪不得。唉，这几年，又不安生了。只要到石城方圆放羊，总要丢失羊羔。这还不算，每年庄稼一熟下颗粒就发过雨下冷子，乒零乓啷打个干净。唉，百姓苦啊。一些人穷日子过不前去了，就只好搬到别处去。看着没法子，我们剩下的几户人一商量，干脆把那怪物当神敬。每年五月端阳节，由村子里强壮的小伙子抬着猪羊，敲锣打鼓到石城下，烧香还愿。你们甭说，这个办法还顶事哩，冷子下得少了。青年人硬是不信邪，说那是打过雨的炮弹打的结果。依我说，是讨那……神仙的喜欢。迷信，迷信，不可不信。”

老羊倌用袖子擦了擦嘴角的白沫，接过了陈导递过来的烟，狠狠地吸了一气，接着说，“唉，这些年苦了我一家，害了我女儿……你们不是外人，我就实话实说了吧。我老两口没有儿子，只有一个女儿，取名麝香。我们一家三口靠养羊种几亩薄地为生。女儿麝香长大了，不晓得咋让石城上的妖……神圣看见了。有一天晚夕，风刮得猛，人睡定了，只听见院子里‘腾’的一声，我只当是狼抓羊羔，就披衣起床，开门一看，妈哟！一个黑麻大汉，瞪着明晃晃的两个大眼睛站在当院，我当时就吓晕了。朦胧之中听见有人慢声怪气地说：我是石城上的蛤蟆大仙，我看上了你的女儿，我要她当压寨夫人。他说着就瞪着两个勺头大的眼睛进我女儿的房里。从那些以后，我一家人就没有安宁过。它隔三岔五就来，半夜里来，鸡叫上头遍走，无影无踪……”

“那你女儿怕不怕呢？”谢编剧问老羊倌。

“怕呢么，咋不怕？头儿回把娃吓了个半死，后来，慢慢儿的就怕得慢了。有时节我贴着墙根听，人家两个还叽叽咕咕说话哩，和人一模一样……麝香养下的那个儿子娃娃，白白胖胖，怪心疼的，哪里有一点儿妖气呢？”

老汉喋喋不休地说着，神情有点儿激动。陈导演问：“那您女儿到底觉得那是个什么东西呢？”

老汉说：“女娃么，羞脸大得很，她总是羞羞答答地不肯说，问急了就说和人一模一样。当娘老子的，再咋问哩？听麝香说，那怪物还怪有人情味的。有几回来，还给麝香给了些钱。我常纳闷：它哪里来的钱呢？”

老羊倌提供的情况很重要。老周进一步刨根问底：“这个怪物常来吗？”

老汉说：“哎，好像有一些日子没有来了。噢，今晚夕它说不定要来的。它总是乘风冒雨来，趁黑来，摸黑去，驾着一团黑云彩。今日下大雨了，担心它晚夕要来，心里好不泼烦，就对你们没有给好脸势。对了，今晚夕它只要来，求众仙家把它收拾了，也好让我一家人过一个安稳日子。呜呜……”

老羊倌说到伤心处，呜呜地哭了起来。

听见今晚石城上的妖怪要来，李虹紧张得直往炕旮旯里钻。我们似乎都从老羊倌口中听出了端倪，但在没有弄清情况之前，也都显得有些紧张。今晚它果真来了怎么办？丢失的机子是否与它有关？

雨还在下着，但小得多了。天色渐渐黑了下来，老羊倌下炕点着了油灯，又燃起了三炷香，点了几张表，磕了几个头，然后摆上炕桌，准备吃饭。

“快来人哪，有鬼！快、快来人哪……”门外司机胖刘突然惊叫起来，在深山旷野的雨夜中十分刺耳，大家一涌而出。陈导演连忙打开车门，用手电筒一照，只见胖刘在车内大口喘着粗气，颤抖得很厉害。

“小刘，小刘，刘师傅！”大家七手八脚地把小刘抬进屋子里，忙问他怎么回事。他指着门外说：“有、有、鬼，有鬼。好大好大，好吓人……”

大伙儿问：“哪里去了？”他支支吾吾地说：“跑了，驾云上天了……”

原来，小刘正在车里面打盹，忽然被一阵响动惊醒。他打开车门一看，只见一个又黑又大的怪物停在车前，他就吓得大叫起来。

经小刘一说，大家似乎明白了是怎么回事。

饭端上来了，是烙饼、面条，一色的素食。大家谁也没有心思吃饭，只是想着今晚如何对待很可能再度出现的“鬼影”，如何度过这难挨的夜。老周准备好了摄像机，他要把“鬼”的形象摄入镜头；谢编剧在考虑怎么样在剧本中增加惊险镜头；李虹场记大概在向上帝祈祷，后悔自己不该来这贫穷落后怪事多的鬼地方。我的心里当然比谁都糟糕：真是祸不单行，福无双至。丢失的摄像机、照相机还没有着落，又遇上了这麻烦事儿。不过，细分析起来，这两码事儿可能互有联系，只要查清“鬼”的下落，机子也就不难找到。

风又刮起来了，雨又大起来了。大家的心随着一阵一阵的风雨声越提越紧。一声炸雷，一道电光，都会使人毛骨悚然、惊骇不已。

老汉坐在靠门的炕沿上，把其他人堵在炕上。他不时续上燃尽的香，于是，浓郁的馨香便驱走了呛人的烟味。

“鬼影”终于没有再度出现。

“喔——”第一声雄鸡打鸣声划破了寂静，也稳定了大家提着的心。难挨的夜终于过去了。雄鸡的打鸣声划开了阴阳界限，黎明属于正义的阳世人，一切魑魅魍魉都将退避到阴暗的角落去。大家都松了一口气，收起了各自操持的器械工具。不一会儿，炕上就陆续发出了轻轻的鼾声。

天亮了，雨停了。

当我翻身起床后，明媚的阳光已经把山头的影子投在院子里了，昨晚那种恐惧、胆怯心理减轻了许多。我惦记着机子的事，心中的焦急自然还没有消除，就走出院子。

在青山绿水的怀抱中，坐落着这家独门独院的住户，阳光射穿了庄前院后茂密的树林，给门前投下了一坨坨一条条光亮。门前的水沟里，还在缓缓地流淌着昨晚的雨水。不远处的石城方向，一层薄薄的烟雾笼罩着一个个山包。青山是那样苍翠，石崖是那样突兀——灿烂的阳光把暴风骤雨冲洗过的世界照得色彩分明，历历在目。我真希望我的机子能在阳光下熠熠生辉。想到机子，就很自然地想到蛤蟆精及其化身黑大汉。它为什么要偷我的机子？它是怎么偷去的呢？我下意识地看了看门前的摄影车。瞧，车旁分明有人驻足过，那脚印老大哩。顺着离去的脚印一看，在下坡处一坨有屁股压过的痕迹，显然，有人滑倒过——这哪里是鬼？分明是人！

## 步入尽头的迷谷

回到县上，我们没有来得及休息，就找县委和公安局把这一天一夜的所经所历所见所闻全部做了汇报。听了汇报，县委领导很是惊奇，指示公安局成立专案组，火速侦破。对于石城附近不时丢失羊只幼畜的事，公安局的同志早有所闻，但因要案俱多，并没有认真对待。现在，不光在石城上丢失了实实在在的东西，而且还发现了鬼当女婿的事和夜晚黑影，他们不得不把两桩事放在一起考虑。经过反复讨论，公检法共同做出了几种设想。

一、石城上有一暗洞，那是一伙好吃懒做、打家劫舍的流氓团伙的老巢。

二、石城上有一暗洞，洞中有一特务机关，设有电台等通信设备，与世界的恐怖组织联系。盗窃摄像机是他们行动的需要，掠夺牛羊是生活的需要。

三、石城上有一种特殊物质，能与空间的信息发生作用，从而成为外星人研究地球的一个据点。

四、石城上果真有诸如蛤蟆精之类的怪物……

以上四种设想，无论哪一种都离不开“鬼”女婿！所以，以抓获“鬼”女婿为突破口就显得十分关键。大家一致同意，先抓鬼女婿！

我又当了向导。我们与老羊倌沟通了思想，在他家“守株待兔”。我和公安局刑侦科的杨科长在房里守候，观察动静，坐镇指挥，公安干警小王和小李荫蔽在厨房里面等待时机——厨房已经与麝香的睡窑挖通。还有几位干警埋伏在庄院四周，布下天罗地网。这事是在极其秘密地进行。

糟糕，一连等了几个晚上，不见动静，大家都有点疲劳。突然，在一个月明星稀的夜晚，那鬼影又出现了。只见它在大门外踌躇了一会儿，就带起一股风，“呼”的一声越墙进院，直奔麝香的睡屋。

“喂，010，来了，准备行动！”

“明白，101。”小房里和厨窑里的对讲机发出轻轻的联系信号。

“喂，010，已经上炕了。”

“立即行动！”

小王小李立即钻过厨窑，“不许动，举起手来！”两束雪亮的手电光同时照在两颗耳鬓厮磨的脑袋上，同时，两只黑洞洞的枪口对准上面的那一颗脑袋。我和杨科长迅速赶到，把一双冰冷的手铐戴在披着被子发抖的“鬼影”手腕上。

在审讯室里，我做了旁听。天哪，我万万没有想到，那“来无影，去无踪”会腾云驾雾的蛤蟆精“鬼女婿”，竟是一位端正英俊的年轻和尚。案上堆放着用青的确良做的魔鬼衣。那明晃晃的大眼睛原来是特制的电灯。

“你叫什么名字？”

“智远。”

“真实姓名？”

“马小聪。”

“哪里居住？”

“须弥山圆光寺。”

“原籍？”

“固原县鸦儿沟。”

“文化程度？”

“高中。”

“你为什么要这样？”

“我怕暴露身份，师父不要。”

“你的同伙还有谁？”

“干那事还要同伙？没有。我一个独来独往。”

“你还干了哪些坏事？”

“撬过学校的门市部，拿过几千元。”

“你要谈谈详细情况。”

“能行。”

下面是马小聪的口供。

我在县城上中学，高中毕业连考三年大学，都落了榜。最后一年，自己觉得蛮有把握，可考分反而不如前几次，低得很。平时学习成绩很差的校长的儿子却考得了好成绩，上了大学。他的儿子名字叫马少聪，跟我的名字一字之差，实际上只有一笔之差。我怀疑弄错了，找了几次招生办，他们硬是不给查。我找了区上的招生办，还是没有人管。我又给有关纪检、监察部门写了信，石沉大海。我气得一病不起。我看透了如今的世情，病好了就上了崆峒山，后来又到了须弥山当了和尚。我接待烧香的施主时，发现麝香长得漂亮，也好像对我有意思。我怕师父知道了怪罪，把我赶出寺院，就变着法儿干那事。日子长了，有了孩子。我觉得很对不住她们一家，几次想对麝香说明这事，干脆回到她家种地放羊，可我剃度时当着长老发过誓。再说社会风气总是这个样子，还是打定主意旋走旋看。我想周济她们一家，可身无分文，就产生了偷的念头。这事儿既然暴露了，合该我倒霉，你们判我几年刑，刑满了我就回麝香家去。

"你是有文化的人，就应该懂得党的政策。"

"我知道，坦白从宽，抗拒从严。我干的事就这些。"

"是不是就这些，那石城上蛤蟆精显灵是咋回事？"

"没有的事。我见那一带的老百姓很迷信，就编造谎言吓唬他们。"马小聪稍停了一下又说，"如果我真是蛤蟆精，咋能让你们抓住呢？"马小聪说着笑了。

审判员严肃地说："既然是编造的谎言，那么石城上丢失羊只丢失东西怎么解释？"

马小聪听了露出一脸的诧异："不会吧？"

审判员说："不会？你知道，我们是从不说谎的。"

马小聪说："那我就不知道了。其实，石城我根本没有上去过。"

## 惊心动魄的场面

为了慎重，县公安局向地区、省公安机关和国家公安部做了汇报，兰州军区还派了一架直升机，载着五名荷枪实弹的武警战士，协助侦破。县中队也派来了一个加强班，在石城下面的四周埋伏，准备将石城之谜搞个水落石出。

按照专案组的秘密部署，由刑侦科杨科长带领小王小李两位干警，监视着马小聪，让他引蛇出洞，一举而歼之。我和小马为他们结绳子搭梯子。陈导和周摄影师坚持要历一次险。为了不暴露目标，其余的大队人马都隐蔽在石城的周围，若有不测，由杨科长鸣枪报警。直升机可随时飞来，居高临下射击。

马小聪穿着他的“鬼衣”，活脱脱一个大黑汉，他头上打着英雄结，蒙着面，只露出两只眼睛。肩上腰上系的披风迎风飞舞，给人一种腾云驾雾、飘飘欲仙的感觉。为防不测，给他戴了脚镣。我们七个人先后上了石城。杨科长指挥我们在暗处隐蔽，让马小聪独自一人“亮相”。

马小聪脸上露出了十分痛苦的表情，他知道，他是被当作什么看待的。他怀着极其复杂的心情和十分矛盾的心理，过着人不人鬼不鬼的生活。没想到，蒙蔽吓唬麝香一家人的一派谎言，竟和子虚乌有的蛤蟆精联系在一起，反而把自己推入迷津。他不知道石城上究竟发生了什么事。他想，只是丢一件什么东西就值得这么兴师动众大惊小怪吗？如果说真有什么蛤蟆精，他倒要见识见识。凭着一身功夫，与它较量较量，也不枉学艺当“鬼”一场。也好，肚子里没冷病，不怕吃西瓜。自己犯的事儿就那么些，瓦沟里倒核桃，倒了个干净，大不了判几年刑，坐几年牢，刑满了就能和妻子还有儿子在一起，放一群羊，种几亩地，安居乐业。想到麝香，他深情地望了一眼那个他既熟悉又陌生的独庄独院的方向。

他漫无边际、毫无目标地在石城上徘徊，那一匹匹随风飘动的黑纱，把他装扮成一只大大的黑蝴蝶，也像动画片里的怪物。他为自己的这身打扮欣慰过、自豪过。然而，现在又觉得极其别扭、羞愧难当、无地自容。头顶上的直升机就像一只讨厌的老鸹，旋来旋去，发出刺耳的轰鸣声。有时降低了，螺旋桨扇得石城上的枯叶衰草飞舞。

马小聪戴着脚镣，迈不开步子，只好在石城上一步一挪地走动，脚镣撞击着碎石，发出“嚓啦嚓啦”的响声。走到崖边，只觉得一股浓郁的冰片味直冲鼻孔。他仔细看了看周围，没有发现什么，他又迎着冰片味儿飘来的方向走去。突然，他发现在靠崖方向的一片茂密的冰草丛中的一块突起的大石头下面，隐约张着一个黑洞洞的洞口。他打了下寒噤——这莫不是蛤蟆精的洞穴?!

马小聪一个人不敢久留，赶紧返回，给隐蔽在石屋子里的杨科长他们汇报了这一发现。杨科长像发现新大陆一样，眼睛一亮，说：“大家都过去看看。”

大家来到洞口，杨科长让干警小王拨开了洞口长长的冰草，一股浓烈的冰片味儿刺激得人们头晕目眩。洞口足有缸口粗，“牛吃水”般直下，洞口光滑得像磨光的炕沿一样，发着青油油的光。我想起了关于《白蛇传》的传说，据说大蟒会生冰片，就说：“这好像是一个蛇洞……”

话音未落，只见身子探在最前面的干警小王像被人拉了一把，“忽”地滑进洞里去了。吓得大家赶紧后退，都做好了格斗的准备。是人是鬼是妖是怪，大家都把握不准。怎么办？小王进洞，凶多吉少，大家急得一时没了主意。杨科长用对讲机与直升飞机和埋伏在石城周围的部队和警察联系，通知他们做好战斗准备。我想起了小时候放羊时，看见大人们点燃柴火用烟熏野狐和獾猪的事，就建议说：“不管是什么，都怕烟熏，干脆用烟熏。”

于是，大家七手八脚地抱来了柴火，点燃后又把香烟一支一支地抽出扔进火里，用帽扇往洞里扇火。因为洞口是朝下的，所以烟火很难扇进去。马小聪见帽子扇火不得劲，就拨开众人，舞动他的“鬼衣”披风，把一股股浓烟扇进洞里。正扇得起劲，突然“忽”的一声，从洞里蹿出来一条庞然大物，还没容大家反应过来，马小聪就被那怪物扑倒在地。大家顾不得马小聪，一下子呼啦散开。我们回头一看，我的妈呀，才看清那是一只足有小铁桶粗的大蟒。

“啊呀!”大伙儿都惊慌失措地乱叫起来。我想起昨天独自一个人在那里解手、寻找机子的事，吓得出了一身冷汗。

那家伙摇头晃脑，口喷火焰，发出“忽、忽”的声响。干警小李刚举起手枪准备射击，只听“忽”的一声，手枪不翼而飞，落入大蟒的血盆大口。接着一阵旋风，飞沙走石，腐枝败叶一齐飞向空中。大家哪里经过这阵势？都没命似的逃跑。我想起了不知从哪本书看到的“蛇中骏马慢于人”的说法，就喊：“往乱石堆里跑，往乱石堆里跑……”

大家听到喊声，就一个劲儿地往南山坡上跑，可脚却一点儿也不听使唤，软得像没了筋骨一样，只是连爬带滚地乱窜，扭伤了脚，碰破了手，也顾不得疼。只有周摄像师显得胆大、沉着，他躲藏在一块大石头后面，开启了摄像机……

只见那丑类摇头摆尾，扭动着腰，或盘成一盘，或打起弓背，“忽”地蹿向空中，于是就带起一阵风，卷起一股灰尘和柴草。

马小聪戴着脚镣，无法逃跑，他被大蟒扑倒后，一个鲤鱼打挺翻起身来，运了运气，就跟那怪物展开了搏斗。“唰！唰！唰!”马小聪舞动他的“鬼衣”，披风像一把巨大的风扇，在空中画着一个接一个的黑弧，扇起一阵接一阵风浪，抵御着大蟒的袭击。大蟒摇头晃脑、张口吐信、左冲右撞，试图一口吞掉他。马小聪左右躲闪，一会儿凌空袭击，一会儿就地打滚，好几次躲过了大蟒的重撞。这两个真假怪物一来一往，搅得飞沙走石、天昏地暗。看得人眼花缭乱、目瞪口呆——大家好像不是在亲临险境，而是在观看一场武打影片。

“啊呀不好！”有人大喊。只见马小聪跌倒了，大蟒压了上去。戴着脚镣的马小聪无论功力再好，也无能为力与那咄咄逼人的庞然大物匹敌。他在向后撤步时，因迈不开步子，就被一块石头挡倒。杨科长想开枪，但又怕伤着马小聪，只好紧握手中枪，等待时机点射。

大蟒摆动长尾，迅速把马小聪缠住，就像农人缠草绳，老人缠毛线一样，在地上打滚。那孽畜用力缠、用劲箍，一层又一层，越缠越紧。马小聪尽管憋足了气，涨红了脸，用尽了平生的力气来反攻那强大的压力，但终因压力太重，渐渐支撑不住了，脸色变得铁青。

看来马小聪是无法脱身了。杨科长和大家都急得团团转。只见杨科长咬紧了牙关，“砰、砰”连放了几枪，那孽畜受了惊吓，一个凌空“搅柱”，“呼啦”一声，把马小聪甩出了老远。不好，马小聪无法自控，在甩出去的惯性中一骨碌滚下石城去了。就在这一刹那间，杨科长手中的枪也不翼而飞——被大蟒吞进口中。大家吓得乱喊乱窜，杨科长在慌乱的后退中一脚踩空，一跤跌入水窑中，溅起了一片腥臭的污水。

“完了！”我们几个退在一旁胆战心惊的人都为杨科长捏了一把汗，他掉进水窖，无法脱险，葬身蛇口无疑。然而，奇怪的是，那孽畜并没有“乘胜追击”，而是回过头咬自己的尾部。它一会儿在地上打滚，露出雪白的肚皮。一会儿蹿到空中又摔下来，显得焦躁不安。它的大头扭动着，簸箕似的大口里喷着火苗，像闪电一样。我们顾不得杨科长，只好逃得远远的。然而，隔了好大一会儿，那家伙还是没有追过来，而是继续在原地抟弹弹、转磨磨、打弓、摔绊……陈导演连忙拿出望远镜，对准了那不可一世、神秘莫测的庞然大物。

“瞧，蚂蚁！” 陈导演惊叫起来。我们都凑近望远镜，轮换着看。只见那大蟒的尾部、腰部、脖子上，都爬满了蚂蚁——大的、小的、黑的、黄的。看到这个情景，大家都松了一口气，都把制约大蟒进攻的希望寄托在那些可爱的小精灵身上。

我们趁这空儿放下绳子，用抖抖索索的手从水窖里把杨科长救了上来。他湿成了落汤鸡，头也碰破了，流着血。我和小马给他做了简单的护理，就集中精力防范那大蟒的袭击。

不好，只见那孽畜一次又一次把一团团蚂蚁吞进血盆大口。然而，蚂蚁太多，它也显得无能为力。当它要把紧紧叮在身上的蚂蚁摔掉、压死、吞噬的努力都失败后，便孤注一掷，用尽全身力气蹿向空中，画了一道长弧，柴草、蚂蚁被带到空中，像雪片一样迎风飞舞。一刹那间，又重重地摔在地上，身上几处被尖刻的石头撞破，渗出殷红的鲜血来。这时，蚂蚁们好像待命的将士一样，迅速向那庞然大物集结，转眼工夫，大蟒身上爬满了蚂蚁，变成了又粗又长的一条黑龙。它起初还在扭头摆尾、张口吐信地奋力挣扎，但经不住亿万馋蚁齐心协力、外攻内应的袭击，渐渐倒地，舒展了长长的身子，只是有气无力地抽搐、蠕动。眼看那家伙不行了，我们就放开了胆子，凑近观看这千载难逢的壮举奇观。周摄像师那紧张的脸此时绽成一朵梨花，他前后左右奔走，从不同角度将这一极其珍贵的场面摄入镜头。他说：“这是世界上最珍贵最有价值的《动物世界》。”

直升机在头顶上盘旋。杨科长打开对讲机说：“千万别射击，城上有奇观！”

蚂蚁真是可爱的小精灵。只见全城的大小黑黄蚂蚁黑压压的一片，像赶庙会一样，从四面八方赶到大蟒躺倒的地方。蚂蚁越集越多，大蟒越来越粗，渐渐连成一片，堆起一座黑赭色的小山丘，像分了窝的蜂群一样翻腾。城下待命的干警和战士听到枪声，陆续爬上石城，争相观看这一景观。一会儿，那不可一世的庞然大物就只剩下一副完整的骨架了。大家惊叹不已。

“一物降一物，蚂蚁把蟒降。”

“蚂蚁搬泰山，威名不虚传。”

“千里长堤，溃于蚁穴。真是千真万确。”

大家观赏着，议论着。

当一群群摸着肚皮、衔着蛇肉凯旋归巢的蚂蚁离开这只丈把长的骨架时，我惊奇地发现了装在骨架之中的摄像机、照相机，还有两把手枪。只是它们没有了皮革外套。我差点儿惊叫起来：我的机子哟，你失而复得，而且经历了极不平凡的旅行！我把它们赶紧取出来，紧紧地抱在怀里。

看到这只不可一世、神秘莫测的庞然大物的生命终结后，大家又想到了掉进洞里面的小王，还有那个和大蟒搏斗滚下石城的马小聪。当几名武警战士进洞把小王救出来时，小王浑身发紫，已经不能动弹了——然而，那支手枪还死死地握在他的手里。

马小聪摔断了腿，头也碰破了。当杨科长给他打开脚镣，大家把他抬上车时，他睁开了眼睛，只说了一句“请把我埋在麝香家的树林里”，就闭上了眼睛。

## 尾　声

经历了这一次惊心动魄的历险后，石城更有名气了。县医药公司从蟒洞里挖掘出数百公斤冰片，从而使公司扭亏为盈。县文物局里多了一副完整的巨“龙”骨架，每天接待的参观者由原来的几百人猛增到上万人。天宇传媒公司后来在这里拍摄的武打片《石城飞刀》倒没有引起轰动效应，只是顺手抓拍的《动物世界·蚂蚁制胜》却获得几项国际大奖，使公司和众位参与拍摄的人都受益匪浅。然而，时常在我眼前晃动的却是那窒息而死但一直紧握手中枪的公安干警小王，还有那来无影、去无踪敢于和大蟒搏斗的“黑旋风”——英俊风流的小和尚马小聪……

（原载于《六盘山》1999 年第 4 期）

·中篇小说·

# 花　脸

——续丁跃的中篇小说《伐子都》

## 一

自从在京都演出《伐子都》之后，省京剧团院内的那座由小红庙改建的“双馨室”相对安静了一段时间。“双馨室”其实是单位的文化室，文化室旁边是职工小食堂。这里曾经是团里新闻轶事的集散地。

金枪王老爷子依旧躺在病床上——他本来已经在死神那里报了一回到。那时，他曾自豪地想过，总算是站着死在舞台上了，这是一个演员莫大的光荣。

他的爱徒东方货真价实的绝活儿终归得到了全国京剧界众多名流的赏识，那杆御赐金枪也算没有白赐。自己走了，走得悲壮，没有遗憾！

然而，死神却嫌他来得不是时候，便差小鬼把他又送了回来。他的关门弟子东方也同他一起被送进了协和医院，一周后又由京城送回了省剧团家属院。

东方毕竟是练过功的年轻人。尽管靴底那颗钉子扎得不浅，但他经过治疗还是很快就能扶着拐杖下地行走了。不过从那以后，他好像变了个人似的，整天沉默寡言，见了人总是腻呆呆的。别人与他说话，他只是点头或者摇头。自打同叶梅结婚以后，他们就搭上了小灶，除了有时在灶上打一些米面蒸馍之类的主食外，很少在双馨室露面。因为伤还没有痊愈，他请了长假，不去上大班，在家练小功。

他每用劲踏一下地，脚心就会隐隐作痛。一月前在京城演出《伐子都》的一幕让他想起来不寒而栗。当他扮演的颍考叔挥舞由师父赠予的御赐金枪在京城大剧院获得满堂彩的时候，灾难正在悄悄向他逼近。当他中了暗箭，按照剧情忘乎所以地由高台（象征城墙）一个倒筋斗翻腾在舞台上的时候，只觉得左脚脚心一阵钻心的疼痛，在一刹那他感觉到脚心有锐物插入时，他没有恐慌，而是就势一个“僵尸”，轰轰烈烈地倒在众目睽睽的首都舞台上。座无虚席的剧院雷鸣般的掌声使他又鼓起了勇气，他临时决定增加一个动作，奇迹般地又来了一个鹞子翻身，在观众的喝彩声中又来了一个金鸡独立……可这一次他没有圆满地完成自己增加的程式动作，当他在跌“硬叉”的时候，重重地倒在了舞台上……当他挣扎着下场后，柱子他们才发现他的靴子渗透了血迹。众人帮他脱了靴子，从他的脚心拔出那颗带血的铁钉时，他才觉得疼痛钻心。他顾不上自己，而是提起滴血的脚，跳动到前台抢救昏倒在舞台上的师父……

在家养伤的日子，他们夫妇隔几天就去看望病床上的师父老爷子。

“师父，有件事我拿不准，想请您老定夺定夺。”在伺候完金枪王老爷子喝过参汤后，东方怯怯地向师父问主意。

“吗事？”喝过参汤，老爷子精神好了一些，他接过叶梅递过来的热毛巾擦了擦手脸后，斜着头问徒弟。

东方这时候又显得有些不知所措了。他本来想等老爷子恢复得差不多时再说此事，可这几天一帮闹主儿催得紧。特别是那个铁柱子一天要来他家好几遍，一来就喋喋不休地讲许多要讨个说法的大道理：什么金枪王老爷子活着他们都敢明目张胆地打击压制业务尖子，那么，等老爷子两腿一蹬以后，他东方和叶梅还有出头之日吗？什么现在是法治社会，他们这样趁演出暗算优秀演员不仅是个职业道德问题，更重要的是在犯法，与抢劫杀人没有什么两样。如果不抓住这样有利的时机告倒他们，一旦时过境迁，就会错失良机，悔之晚矣。最让东方和叶梅动真格、下决心要采取行动的原因是，柱子还透露：滕飞一直想得到叶梅！

东方听了以后，摇了多少次的头这回没有摇。

但也没有点头。

状告团长和业务科长这么大的事，他东方还没有胆量一个人做主去干。

当然，叶梅早就忍无可忍了。她要亲自陪东方到文化厅、宣传部、组织部甚至法院去反映问题。可东方还是没有答应，他说："请示了老爷子再说吧。"

今天，他们终于说出来了。

金枪王听了脸上露出了古怪的神色，那紧闭着的浮肿的双眼努力地睁开了。

东方一看，事情不妙，又后悔自己的冒昧。他下意识地看了一眼叶梅，只见她向自己使劲努嘴。显然她是在鼓动自己说出来。

东方又看了一眼嘴唇抖动的老爷子，连忙对妻子摇了摇头。

叶梅早就下了决心的。她见丈夫畏首畏尾迟疑不决的样子，生怕他再失机会，就索性自己说了。

"师父，是这么回事……"

"让东方自己说！"老爷子的话很是生硬。显然他还在为那件由叶梅导演而且主演的轰动全省文艺界的"拉郎配"余怒未消。

虽然她和东方是热恋中的情人，但未婚同居被人从被窝里双双抓出来，总是一件很臊毛的事。而且是他正式向东方赠赐那杆御赐金枪后不久的事。

东方见老爷子不理叶梅的茬，他没招了，只好吞吞吐吐地说了出来："他们让我状告冯团长和滕科长他们……"

“谁？谁出的这歪点子？”看来老爷子真的生气了。

“是，是柱子他们……”

“我还没有死呢，你们就听他们的……呃？谁谁谁让让让你们听听听他们呃的？呃……喀喀喀……”老爷子手舞足蹈，咳不成声。

“师父，师父，您别生气……我、我，徒儿该死，徒儿该死！”东方连忙跪在地下，磕头如捣蒜。

叶梅也跟着跪下了。

“起来，都起来。我说过，我的徒儿不许是这熊样儿。”金枪王见爱徒泪水欲滴的样子，就缓和了口气，“你们把我扶起来，让我、让我坐起来……”

东方小两口不敢怠慢，连忙从地上爬起来，把老爷子扶着坐起来，让他半靠在靠墙的海绵垫上，然后抚胸捶背，一阵忙乎。

叶梅又把喝水杯子递到老爷子手里，老爷子轻松呷了一口，示意让他们坐下。

“干我们这一行的，要多长心眼儿啊，凡事都要问个为吗啦。”老爷子在竭力控制着自己的情绪，有意压低了声音，“你们还年轻，还不太懂啊，干咱这一行的人，随意性大啊，顺风倒的人多的是啦。你、你的戏活儿绝，是是是我的关门弟子，得到了我的御赐金枪，这回又在京城露了脸，他们就抬，就捧，还想利用你这个初生之犊，我的爱徒的名义，把团长、科长告倒，搞下台，替他们出气，为他们让座……你们想过没有？人家一阁的舅舅在省委组织部里，后台硬着啦。就凭那些事一时半刻能搞倒人家？谁能证明那颗钉子就是他们放的？证据是吗啊？如今的事儿复杂着呢，要是搞不倒人家，人家照样当团长、当科长，照样掌权，那事情又会怎么样呢？到头来，纵容你告状的那帮人，又会倒打一耙，说你诬陷人家。这事儿我经得多啦。你跟小梅那事儿，还不是他们给捣鼓来着？这些人啊，唯恐天下不乱，总是不想让老实人安宁。再说，再说啦，一阁是我的大徒弟，又是咱这百十号人的头儿。经费这么紧张，人事这么复杂，也难着啦……他也是有苦处哇。你们想啊，他作为我的大徒弟，干了这么多年，连做梦都想得到的那杆御赐金枪，却让你小子给接过去了，将心比心，谁心里不窝气啦？干我们这一行的，也就这样儿啦！”

老爷子越说越激动，好像那次轰动京城的“伐子都”事件的责任不在团长冯一阁和业务科长滕飞身上，而是自己授徒赐枪不慎造成的。

东方此时候脑子里很乱，不知道他听明白了老爷子话的意思没有，只是一个劲儿地鸡啄米似的点着头，嘴里不时应着：“是，师父；是，师父。”

“东方，你明白我的话吗？我还有一口气啦，你们师兄师弟闹不到一块儿，我这老脸往哪儿搁啊？这些天我躺在床上反复思谋了好久，金派艺术要传下去，要发扬光大，不光要靠你，还要靠他啊。他是团长，有权呢，后台也硬呢……我是活不了多久的人了，我死后，你要像敬重我一样敬重他，我临终也要给他交代你的事，我我我不信他的心是铁打打打的……金派艺术不能丢啊呃……”

老爷子突然孩子般地嘤嘤哭了起来。

东方不知所措，只是一个劲儿地捶着老爷子的背叫着“师父。”

还是叶梅灵活，她赶紧把湿毛巾用开水烫热，为老爷子擦拭泪水。

金枪王老爷子说了这番话，流了一阵泪水，似乎轻松了许多。他又不厌其烦地叮嘱爱徒：多琢磨艺术少琢磨人。

## 二

那次在京城的“伐子都”事件的传播，出乎金枪王老爷子的意料，并没有因东方和叶梅的“不追究”而偃旗息鼓，而是在省城传播了一段时间，就改变了性质。一股强有力的舆论反而把责任推到金枪王授徒赐枪不慎，东方骄傲自满、作风放荡、引起公愤方面来了。这些，在病床上的老爷子是无从知道的。东方和叶梅听了虽然气愤，但他们还是遵从老爷子的叮嘱，息事宁人，等待水落石出。

不过事情总是不以嫁祸于人者的意志为转移的。世上还是有明辨是非者。东方和叶梅不上告，不等于其他人也不反映。省文化厅还是从各方面的反映中意识到了事情的严重性。厅里派出了以党组书记王斌为组长的专案小组，深入剧团调查此事。王斌一开始决心很大，但经过了两个月的工作以后，他才意识到事情并不像自己想象的那样简单。最关键的是插入东方脚心的那颗钉子——它是谁放进东方靴子里的，是如何放进去的？靴子平时都是东方自己保管，在京城演出时由叶梅保管。叶梅不可能对心上人做这样的手脚——她没有这样的动机。据叶梅回忆，她根本没有想到有人会以这种方式加害东方，所以就没有在意。一双臭靴子，她不可能一直拿在手里或放在自己的小皮箱里的，而是随时随地都会抛在一个偏僻角落的。东方平时为人谦和，与团里人大都相处不错，只有与当团长的师兄冯一阁和当业务科长的滕飞面和心有隙，但这样的关系也并非东方之错。众所周知，是冯一阁没有得到自己认为本应该属于自己的御赐金枪而生发的妒恨所致。滕飞则是冯一阁的铁杆支持者，《伐子都》本来确定由他来主演，可愣是金枪王游说京城的老关系临时换人由东方主演的。他能没有气？按照案例侦查常规，冯一阁和滕飞最有“作案”动机。可他们是怎么做的呢？是亲自置放钉子的还是指派别人干的？如果是后者，谁有可能受指派呢？行政调查不像司法侦查那样。这样的调查自然效果不佳。王组长也曾提议司法介入，对那枚至关重要的钉子进行技术鉴定，以获取是谁亲手操作的证据。

但当时东方疼痛难忍，并没有保存那枚钉子，待想起来寻找之时，它早已不翼而飞了。那双靴子也因被血污染了，早就被火烧了。再说，文化厅郝厅长也不主张把事态扩大。

王斌书记不甘心就这样不了了之。

偌大的一个百十号人的省辖文艺团体，竟然没有党组织，党员人数还不到职工总人数的十分之一，四名党员则加入到文化厅直属党支部活动。团里大小事情由团长冯一阁一人说了算，难怪问题那么多。

党组织不能不成立，党的领导一定要加强！

冷落了好长时间的“双馨室”又开始热闹了。

“我获得了一条大大的新闻，各位可愿听否？”吃饭时柱子拉着京腔又活跃起来了。

滕飞抬头不屑地看了一眼柱子，冷冷地说：“哼，你能有什么好新闻，狗嘴里还能吐出象牙？”

“哈哈，反正不是《铁钉计》……”柱子牙尖嘴快是团里出了名的。他的拿手好戏便是往别人伤口上撒盐。他是团里闹主们的头儿，原是滕飞的铁杆朋友，滕飞说东他不向西。众所周知，就连滕飞精心策划的捉东方和叶梅“奸”的事他都一马当先冲锋陷阵。可他毕竟是吃张口饭的，佩服那些吃苦能干，在业务上有一套的骨干。他原先之所以铁着心跟着冯一阁和滕飞，是看中了他们当时在收拾剧团这个烂摊子方面所显示出来的豪气和作为。于是乎，什么的孟良、周仓甚至张飞、廉颇这样的架子花脸都归他演。可随着时间的推移，柱子简单的头脑里也就装进许多不可思议的东西。被糊弄着捉了东方和叶梅的“奸”之后，他才发现自己当了大头。那算什么“奸”啦？人家一对情投意合的恋人热乎乎美匝匝睡在一起，自己硬是带领一帮闹主儿踹开门把人家抓了出来，这是前几年，现在算个吗呀？现在人家告你侵犯人权你连一点辙都没有。事情闹得满城风雨，可没有一个人责怪一对当事者，而自己却成了众人喷唾沫的垃圾。明明是团长冯一阁想给东方制造轰动性丑闻来臊金枪王和东方的脸面，以报不给他赐予御赐金枪的一箭之仇，却说是整顿团风要从生活作风抓起，业务尖子更不能让他们胡作非为。瞧瞧，这算什么理儿？自己当时怎么就鬼迷心窍呢？自己都接近不惑之年了，还这样没心没肺的，真他妈的丫挺！

铁柱子的彻底醒悟是在京城的“伐子都”事件发生后。他虽然没有亲眼看到冯一阁和滕飞往东方的靴子里扎钉子，但他细心地压指头算了团里的每一个人，觉得再没有第三个人能下手做这样的事。这算吗男子汉大丈夫哇？有能耐你也在首都舞台上露一手哇？就是老爷子把一百根金枪赐给别人，也不能以小人之心来暗算别人呀？回到团里后，他越想越觉得憋气，就鼓动东方和叶梅状告他们。这时候他见滕飞做了害人的事还假装正经，就毫不留情地旧事重提，还以《岳飞传》里忠臣李钢被奸臣派人铺了铁钉床陷害的事来喻之，美其名曰“铁钉计”。

滕飞本来要发作，要当着众人面让柱子“把话说清楚”，可是他却把到了嘴边的话咽了下去。他想起了冯一阁的话“现在正在节骨眼上，压得稳稳的，出水再看两腿泥”。是的，情况只有自己最清楚，现在工作组的调查还没有宣布结束，自己不能因小失大。工作组调查不出结果，冯一阁还是当他的团长，我滕飞还是当我的业务科长，业务副团长也是随后紧跟着的事。此时，他在心里重重地骂了一声“丫挺的，往后有你好瞧的”。可他又模仿冯一阁换了一副表情，努力地咧嘴笑了笑说：“我说哥们，别逗了，究竟是吗新闻啊？”

一帮闹主儿也不依了，就骂铁柱子：“哥们，有吗屁就放，在哥们面前用不着卖关子！”

柱子见大家急于想知道，也不再慢条斯理了，就说：“是顶重要的消息，咱们团里要派来一位党的书记……”

有人不以为然：“书记又不能唱戏，要那么多当官的干吗？这么多年没有书记，戏不是照演吗？”

有人念叨：“那到底水去多了。”

滕飞咯了一口唾沫，说：“我以为是吗重大新闻，原来就是这呀？我早就知道的，新派来的郑书记还是咱冯团的老同学呢。”

柱子听了有些沮丧，他叹了一口气说：“那还不如别派了！”

夜深了，但团长冯一阁的宿舍里还亮着灯。

这是安排在楼房向阳处拐角的大套间，办公室兼宿舍。外间做办公室，里间做宿舍。外间靠窗户“亅”字形摆着三架琴，一架钢琴，一架风琴，风琴上又摆着一架电子琴。钢琴盖子翻开着，上面摆着五线谱。靠里边钢琴旁边摆放着一架书刊柜子，书柜里横七竖八地摆摞着不多的几种书籍，大都是戏剧理论和文艺杂志之类的书刊；书柜上挂着一把剑，剑鞘上刻印着一条青龙；书柜旁边又立着一把金色大刀（道具）。由于不大勤收拾，所以显得有些零乱。唯独一期《戏剧改革》翻开摆在醒目的位置上，以致使光顾房间的人一眼便可以看到那醒目的文章黑体标题《振兴京剧浅谈——冯一阁》。套间的门帘比较讲究，是用染成各色的樱桃核串起来的。从整体上看，会发现有一个大大的双“喜”字镶嵌其中。据说，这是花旦演员水芙蓉亲手编结成的。因为冯一阁说他晚上老是做噩梦，与鬼打交道，所以水芙蓉便为他编制了桃核门帘。桃木能避邪。里屋靠窗户摆着一张办公桌，桌子上堆满了文件、剧本以及各种商标的香烟盒（有的是空的）。最里面支放了一张大床，虽然是单人床，但睡两个人也不是太拥挤的。床的对面摆设着一台足有 39 英寸的大彩电，显得与相对窄小的屋子有些不大协调。

每当人们提到他的房间零乱时，他都会叹息说：“忙啊！”

此时，他一支接一支地抽烟，今晚是“中华”，这是他独自一个人时吸的烟，在团里和其他公众场合他总是抽五元一盒的石林。他吸了一气烟，顺手拿起“保您满意”的壮阳丹精致药盒，看着“让男人更有力度”的说明书。这是他近年来养成的一种习惯，一旦心里有事，就会这样腻呆呆地闷坐、抽烟。他独身生活已经八年了，每当有人以关心的口气劝他与妻子和好，把她们母子由市郊接到城里来的时候，他就沉默不语了。沉默得会让在场的人难堪甚至压抑。当人们正在感受尴尬的时候，他总是适时说出原因，很是忧伤地说出他似乎极不情愿提及然而又很希望人们知道的往事：“人家心里没有咱，咱何必自作多情呢?”话匣子一打开，他就显现出了在大庭广众之下做报告的口才。于是乎，妻子如何在新婚之夜与情人私奔，女儿如何不像自己等等团里人早就烂熟于心的话题，他会毫无保留地诉说给发问者。结束语：我在离婚!

今晚，冯团长焦虑的不是那剪不断、理还乱的八年分居的夫妻纠葛，而是另外的事情。

“混账!”一向对他还算客气的舅舅张仁，昨晚把他叫去狠狠剋了一顿。这位头有点旋顶的小个子省委组织部的调研员，一反他平时见人三分笑的常态，在他的书房里频频拍着桌子，哗哗哗地抖着那几封匿名信，气急败坏地数落着他。那情形到现在他还感到不自在。

当昨天下午他接到舅舅要他晚上去一趟的电话的时候，他就预感事态不妙。那可能就是“伐子都”事件的后遗症。他做好了辩护的充分准备。

冯一阁小心地敲开了舅舅家的楼房门，胖胖的舅母向他使了一个古怪的眼色，示意舅舅就在里面的书房里。他就礼貌地向舅母点了点头，径直向书房走去。舅舅正在翻阅一些零散的手稿，专注得连外甥什么时候进来也没有发现。冯一阁轻轻地叫了一声

“舅舅”，张调研员这才抬起了头。

没等舅舅让座，冯一阁就习惯地落了坐。他是这里的常客，用不着客气。他照例掏出“石林”，礼节性地让给了舅舅——他知道舅舅不抽烟，就是抽烟也不会抽这样低档次的烟，但他还是要把规程行到，这是礼节，也是需要。后者更重要。

张调研员摆了摆手，表示不抽烟。冯一阁就自己打火点燃了香烟。只听舅舅说道：“我说给你调调工作，你总是态度暧昧。人家都找门路往出调，你却总是舍不得那个是非窝。我真不知道你是怎么想的？”他见外甥并没有对自己的话有多大反应，仍然坐在那里吞云吐雾，就单刀直入，“你不要对一切事情都无所谓，你以为你犯了错误我会网开一面吗？要是真捅了娄子，我也是无能为力……”

冯一阁吐了一口烟雾，不紧不慢地说：“舅舅是您不了解情况，东方的那件事根本与我没有任何关系。”

“没有关系？”张调研员盯着外甥看了一眼，加强了语气说，“你是团长，团里出了那么大的事，你能说没有关系？”

冯一阁一听舅舅这样说，心中一阵宽松。听话听音，舅舅并不确定“伐子都”事件就是自己所为的，而是从管理者的责任角度来批评自己的。就说：“是我管理上疏忽……”

张调研员说：“这不是管理上疏忽不疏忽的问题。这里面的事情恐怕你得有个比较周全的考虑？我今天叫你来，除了提醒你注意社会影响外，还有事要问你呢。”

“吗事，舅舅？”冯一阁问。

张调研员没有立即回答，而是重新拿起桌子上的那一叠卷了边的打印纸抖动起来，说：“‘伐子都’那件事虽然不了了之，但造成的社会影响还是蛮大的，你是团长，你得想方设法处理好，不要让留下后遗症，明白我的话吗？”

冯一阁很干脆地说：“明白，舅舅。”

“还有这些，你自己拿去看吧，究竟有没有？是怎么回事？”张调研员把那一叠厚厚的打印纸撂在了外甥的面前，就起身走出了书房。

冯一阁拿来翻着看了几页，他咧嘴笑了笑。他要尽量显示出不慌不忙宰相肚里能撑船的大度与从容来，就跷起二郎腿，狠狠地吸了一气烟，又徐徐吐出一个个烟圈，斜着脑袋笑眯眯地阅读起他的“十大罪状”来。这“十大罪状”当然包括“伐子都”事件，更多的是作风上、道德上和经济上的问题，归纳起来是：作风道德败坏、违法乱纪！

冯一阁正看得投入，只见舅舅手拿了几张皱巴巴的报纸回到了书房。“你再看看这些。”张调研员照样把报纸摔在了外甥面前。

冯一阁翻开一看，就有几条醒目的标题映入眼帘：《必须彻底清除文化酱缸——评“伐子都”事件》《忌妒，也是一种犯罪》……

冯一阁这会儿不见斯文了，摁灭了烟头，“呼”地一下站起来，大声说：“这完全是造谣、诬陷、中伤、别有用心、借题发挥、落井下石、信口雌黄……”他努力地搜索着脑子里的词汇，想把能够用上的都用上，“我要抗议，我要控告，我要跟他们没完！”

他当时气急败坏说这话的时候，舅舅狠狠地瞪了他一眼，意味深长地说：“无风不起浪……”

此时，冯一阁又接了一支“中华”，狠劲吸了一气。他一遍遍地在心里琢磨：这是谁在状告自己?!

他自然想到了东方和叶梅，也想到了师父金枪王。但想起舅舅帮他分析的情况，又否定了他们。

状告自己的材料其实是“伐子都”事件之前的重版和继续，

而那时老爷子是坚决站在自己一边的。他从舅舅那里得知（金枪王也告诉过自己），那时听说有人告大徒弟的状，金老爷子就手柱那杆象征身份的御赐金枪找到了省委组织部，为他的大徒弟开脱。他本来要找省委常委兼组织部部长的陈永健，但他不在，当时担任副部长的张仁和另一位副部长李惟真就接待了老爷子。本来舅舅要回避的，但李副部长硬是留住他，并叫来了办公室秘书做记录。关于材料上反映的男女作风问题，当时老爷子的话是这样的："这个问题即使有，也不是吗大问题。两位部长，我老汉可说的是'即使'啊。为吗呀？就是剧团的事情复杂啦。"老爷子喝了一口秘书端过来的水，慢条斯理地说了起来："一阁他舅也在当面，你们别笑话，剧团就这熊样儿。在我们这号团体里面，那些鸡鸣狗盗的事多数人都有过，不足为怪啦。为吗呀？人家多数人都有那个那个相好，仨俩人没有就觉得自卑，活得不如人，别人还笑话你没本事啦。说实话，我老金年轻的时间也有过……你们别笑话，真的。唉，如今老了！如果把你们放在那个特殊的环境里，你们也不比其他人水啦，说不定你们也会搞上三个两个的……我如今老了，说话颠三倒四的，可理儿不偏。反过来说，谁也没有见过一阁跟谁同床共枕啦。就是状子上写的那个那个演花旦的水芙蓉，也只是传言啦。常言道，捉贼捉赃，捉奸捉双嘛。你们是领导，是不是这个理儿啦？"

如果这些话着实让在场的舅舅经受尴尬的话，但老爷子临走时的话却起到了至关重要的作用。"一阁的戏活儿绝，文化水平高，办事有能耐，剧团的烂摊子愣是让他给整好啦。他虽然是我的大徒弟，可比我强多了，我比起他水多了。如今我老啦，蹦跶不了几年啦，振兴咱省京剧，继承金派艺术，非他莫属啊！你们要当个省里的包青天，千万不要听信谗言，把一阁的团长给涮啦。"

听舅舅说，金老爷子当时的态度确实是真切的。他也知道这位自己跟了十多年的师父不会客套的。

“事情很难说。”冯一阁进而又想到了赠枪和“伐子都”。既然振兴京剧、继承金派艺术非我莫属，为吗却又将御赐金枪传给小弟子东方？

“伐子都”事件老爷子和东方肯定会把问题看在自己身上。谁遇上这么严重的事儿也不会无动于衷的。柱子他们的态度变化也可能是老爷子鼓动的结果。

舅舅还透露了省委批准了省文化厅党组的报告，决定给团里调派党支部书记的消息。在这个时候调派党的书记意味着什么？聪明的冯团不得不把这件事在脑子里反复过滤一番。

看着地下横七竖八丢弃的像围棋残局一样的烟屁股，他突然觉得有些孤独。

“咔嚓”一声，外面的房门被钥匙捅开了。他明明知道开门者是谁，但他今晚还是表现出了瞬息的惊讶来。其实他有时期望这开门的声音，但有时却烦这种声音。今晚兼而有之。

“宝贝儿，你不看看都几点了，还不睡啊？”来人刚进门边反锁门边嗔怪地说。她便是前面提到的花旦水芙蓉。

冯一阁接着话茬说：“这不等你吗？你怎么才来？”

水芙蓉说：“哟，嫌我来迟了啊？那怪谁啊？你屋子里灯光亮堂堂的，我知道你在跟别人商量工作呢，还是批阅文件呢？我一直瞧着你的灯，总是不灭，我怎么敢来？还说我呢。”她说着坐在了他的旁边。

冯一阁这才想起他们的约定：每晚一点至五点，灯黑为号！他顺势搂住她的双肩，咧嘴笑了一下，说：“我忘记了，忙糊涂了。宝贝别见怪啊。”他说着要抱她上床，可她却推开了他，径直向里间卧室走去。

冯一阁有些诧异，盯着她的背影看了片刻，就立即跟着她进了套间。他坐在她的身边，掰着她的双肩说：“怎么了宝贝，你以往可不是这样啊?”

水芙蓉说:“是呀,以往我心情好呀?今晚我可没有好心情呀。你啊,什么事都无所谓……”

他看着她,还是笑眯眯地说:“到底怎么了啊宝贝?你一向可是快人快嘴呀。”

她也看着他,说:“坏事儿了,你真的不知道啊?”

他听了,挂笑的脸立即僵了起来,问:“什么大事儿让你这样心烦意乱啊?”

她说:“人家就要走马上任了,你还像没事人一样……”

冯团一下子没有反应过来,忙问:“谁走马上任?”

她说:“你真的不知道啊?团里调人,你当团长的不会不知道吧?”

他似乎才反应过来,说:“我只听说上面要调派一名书记,再没有听说调谁来。你不是指这件事吧?”

“就是这件事啦。其他事我才懒得过问呢!你都知道了,还像没事人一样?”

冯一阁听了,哈哈一笑:“我当是吗大事儿,原来就是这事啊?你啊,就是改不了风风火火的傻气!”

她听了把他的手从自己肩上拿下来,嗔怪地说:“哼,此事为小,何事为大?人家是冲着你,冲着咱们来的……”

他见她这样子,就哈哈哈地笑了起来,然后一把拉过她,搂抱在怀里,仍是笑着说:“哈哈哈,依我说,书记来了,咱们的事更好办了。他是我的中学同学,能不帮我的忙?”

她听了有些惊喜,问道:“是吗?”

他说:“反正比现在这样好得多。不过……”他停了一会又看了一眼她,“不过,我们还不能操之过急,你还得再等……”

一个“等”字还未说完,就被水芙蓉挡了回去:“等等等,等到猴年马月啊?人家跟我差不多年龄的女人孩子早就抱上了,我还是这样名不正言不顺的，偷偷摸摸像做贼一样……原先，我只要一出场，凭我的姿容凭我的演技凭我的人缘，通堂的好就叫起来了；可如今，我使出浑身的解数，无论怎么卖力，都没有人鼓掌，甚至还有人喝倒彩，喊我下台。你说，你说我怎么往下混啊？前些天我上街买菜，要不是被人拉住，险些儿被你那母老虎的婆娘给撕扯了……呃、呃，作为一个女人，我受够了呃、呃……不行，你得赶紧与你那个丑婆娘离婚了断，要不然，别怪我姓水的不客气！”

“好了好了，我的宝贝。我的痛苦别人不理解，难道你也不理解？”冯一阁放开了紧搂水芙蓉的手，点燃了一支烟，接着说，“彻底解决咱们的事，得想个万全之策，请相信我冯一阁。目前最要紧的，是如何冲出‘伐子都’的阴影，站稳脚跟，让新来的书记跟着咱们走。你可要当好配角啦。”

水芙蓉说：“没问题，只要是为了你……为了咱们的事，我水芙蓉油锅也敢下，火海也敢冲。你要我怎么当好配角呢？”

冯一阁说：“哪至于下油锅冲火海呢？从你自身的小事做起就行啦。最要紧的是，多做事，少说话，话多必有岔。要说话就要向着书记，别向着我。当然，我也是要向着他的。还有，我们恐怕得减少来往次数……”

“减少次数？”水芙蓉显然不太愿意，“我们的次数本来就越来越少，都快一个月没有了，还要减少啊？那就索性别来往了！给，把你的钥匙拿去！”

冯一阁的脸子拉了下来，加重语气说：“我说你啊，大事小事都分不清？动辄耍小孩子脾气，还说要下油锅冲火海呢，恐怕下到醋锅出不来啦。你就不能忍耐忍耐？待把整个事儿解决好了，咱们就买洋楼别墅，屋子所有门上的钥匙全归你管，存折财权都交给你。现在你就把调子压得低低的，懂吗？”

“我懂，宝贝……”水芙蓉说着用力抱着冯一阁就势躺在床上。

## 三

欢迎新任党支部书记郑忠的仪式在剧团小剧场举行。

剧场顶头遮檐上悬挂着“热烈欢迎郑书记到团任职”的大红横幅。舞台两侧的半圆明柱上，分别贴上“领导我们事业的核心力量是中国共产党；指导我们思想的理论基础是马克思列宁主义”的条幅，代替了原有的“载治乱知兴衰历代古今若亲目；寓褒贬别善恶一部春秋全在此”的楹联。紫红色的平绒大幕恰如其分地镶嵌在台口的空间，在顶灯的照射下一片通红，显得庄重而柔和。舞台下面前排摆着一排米黄色苫单的桌子，桌子上等距离摆放着一盘盘水果、糖果、瓜子和饮料。桌子中间摆放着两只麦克风。从第二排起摆设着简易沙发，沙发旁边摆着茶几。每个茶几上放着一只盖碗茶。

仪式还没有开始，座位大都空着。但金枪王老爷子却是早到，他是由孙子平儿搀扶着来的。老爷子毕竟是练过一辈子功夫的人，虽然重重地倒在了京城的舞台上，差点就此“光荣”了，但他却又奇迹般地活了过来，而且恢复得很不错。昨天晚上，大徒弟冯一阁亲自来家请他出席欢迎新任书记的仪式，他本不想来的，但儿子海山、孙子平儿和东方、叶梅都要他来，要他在大庭广众之下露露脸，让他们瞧瞧：金枪王可是非同一般的；金派艺术的生命力还强着呢！再说，欢迎党的书记他可是早就盼望着的事。在他看来，吃张口饭的，之所以有了今天，被人民尊为艺术家，全托共产党的福。自从解放后人民当家做主，他们这些在旧社会闯江湖、睡草铺，沿街卖艺的“下九流”才受到了礼遇，登上了大雅之堂。现在，八字没见一撇，就这个职称，那个艺术家的。享受那么高的俸禄，有些人还不好好钻研艺术，而是搞歪门邪道。他常常骂那些不学无术的小玩闹们：丫挺的哟，要不是共产党，你小子哪能这么气候？我们旧社会当学徒的时候受的那个罪哟，真是一言难尽啊！

张罗会议的肖奎最为兴奋。他与老爷子打过招呼后，就给他面前拿来了几个水果和一瓶子饮料。然后逐个儿检查会场摆设，一会儿调整果盘，一会儿“噗、噗”地吹试麦克风，还不时要制止猛然窜过来抓烟抢糖果的小孩子。等事情办得自己认为满意时，他总是习惯性地歪斜着脑袋端详他亲自撰写的横幅和条幅，看样子，每一个字甚至每一笔画他都要仔细挑挑毛病。这些铿锵有力的词语和潇洒遒劲的书法，和那一部部自己创作和收藏的“总将”（手抄剧本），还有发表过演出过的剧作一样渗透着他的心血和汗水，是他的得意之作。这两行条幅，有人说是过时了，有人说是有点“文革”的味道，但他不以为然。他觉得这些话语并没有过时，用在今天这个场合是恰如其分的。作为剧团里四名党员之一的他，多少年来不曾写过这样好的书法，也当然没有遇到过这样的场面了。所以前几天冯团长给他布置这项任务时，他一点推辞也没有打就愉快地接受了。他很高兴冯团长有这样的转变。作为党小组组长，他曾经动员过冯团长写申请加入中国共产党，但冯团的态度一直比较暧昧。他针对冯团长“不是党员照样当团长”的话，很不客气地阐明过自己的观点：作为共产党领导下的一名剧团团长，你不能说这样的话。

当时冯团长听了也没有怎么生气，而是拍着他的肩膀说：“好我的肖先生哟，你把你的剧本写，把你的稿费、津贴拿，别搞虚套子啦。你写不出剧本，我们没有出类拔萃的绝活儿，就是加入什么组织也是空壳子啦。”

“嗬，好派场，迎接中央首长啊？”

一帮闹主儿进门后嘻嘻哈哈的声音把肖奎从回忆中拉到了现实。

剧团里没有角色的人和家属也都三三两两地进入会堂。有人一字一顿地念着会标和条幅：“热、烈、欢、迎、郑、书、记、到、团、任、职……书记大还是团长大?”“当然书记大。”“是团长大，团长有权啦。”

肖奎一看手表，连忙招呼他们落座：“别再瞎嚷嚷了，各就各位啦。”

终于，由团长冯一阁陪同省文化厅党组书记王斌和新任团党支部书记郑忠来了，后勤科长吕新仁弓着腰掀起门帘，大家谦让着走了进来，在与金老爷子打过招呼之后，按照安排的次序坐了下来。

欢迎仪式由肖奎主持。他是团里的党小组组长，也是唯一能说起话的党员。他早想在大庭广众之下讲几句心里话，但一直没有机会。今天虽然不能喧宾夺主多讲，但主持这样隆重的仪式，此时无声胜有声。他把希望寄托在新任的党支部书记郑忠上。

“欢迎新任书记仪式现在开始！首先请省文化厅党组书记王斌宣读省委组织部、宣传部的任命决定，大家欢迎。”肖奎带头鼓掌，冯一阁就把王斌让到麦克风前。王斌宣布完“决定”，又简单扼要地讲了几句关于“加强党的领导，坚持四项基本原则，坚持‘双百’‘二为’方针，唱响主旋律”之类的话。然后，肖奎宣布新任党支部书记郑忠讲话。

郑忠也是高个儿，与冯团长差不多一般高，只是他显得清瘦了一些。从那白皙端正的脸面上可以看出他年轻时英俊的形象。他见推脱不过，就站起来说：“感谢党组织的培养和信任！我是个外行，对京剧艺术一窍不通。我是来向大家学习的。今后还要大家大力支持，共同搞好剧团的事。谢谢大家!”

肖奎铺开了笔记本，准备尽可能一字不漏地把他的讲话记录下来，好整理成简报，谁知他还没有坐稳，郑忠的讲话就结束了，这意料之外的情况使他多少有些沮丧，他睁大了期待的眼睛。

接下来，冯一阁也讲了热情洋溢的话，对省委的决定表示了欢迎，对新任书记的任职表示了“一万个欢迎”，对他今后的工作表示了“一万个支持”!

欢迎仪式在热烈的掌声中结束了。肖奎宣布演出随后开始。剧场内的灯光逐渐熄灭了，只留下顶灯，把紫红色大幕照得通红。

“欢迎省文化厅领导和新任书记文艺演出现在开始!”男女两位报幕员由大幕中缝“挤”了出来，用清脆的声音抑制了剧场内的嘈杂声。

滕飞在关键时刻就是冲，他今天不光把戏安排得好，而且演出时间也控制得恰到好处。当肖奎宣布欢迎仪式结束后，他就指挥演员、乐队和司幕、前后场各就其位，并把报幕员推出场外。

接着，女主持人宣布：“今晚演出精彩折子戏，首先请欣赏《将相和》。”

这出戏各剧种基本都演，京剧则是马连良、袁世海等老一辈京剧名流久演不衰的优秀剧目。今晚，此剧当然不是随意安排的。

《将相和》的故事众所周知，将、相表示文功武治。这与当今的党、政有什么关系呢?冯一阁自然有他的理解。新来的老同学郑忠代表廉颇将呢，还是代表相如相呢?我冯一阁又代表什么呢?如果说自己代表廉颇将，就要“负荆请罪”。从来不服输的人，能做到吗?唉，还是前些年的“党政分家”好，他念他的报纸，传达他的文件，做他的所谓政治思想工作；我搞我的业务，批我的条子，出了问题还得他兜着。单从剧情上是看不出这出戏中对两位主角褒谁贬谁的。主题是将相和好，文治武卫。就是要文化厅领导和郑忠他们看看，我姓冯的是希望“将”“相”和睦，共同搞好振兴京剧大业。如果他姓郑的过于揽权，多此一举，哼，那今天的《将相和》就成了明天的《白逼宫》!

冯一阁一边慢慢地吸着烟，一边苦苦地思索着。当一周前滕飞把节目单送来时，他很果断地把《鱼藏剑》一笔勾掉，换成了《将相和》——既然有《白逼宫》《伐子都》，再演《鱼藏剑》就太锋芒毕露了。

郑忠知道，这场戏是专门演给他和王书记看的，在很大程度上是给自己一个人演的，他自然看得极为认真。他虽然不懂得这样唱是“二黄”，那样唱是“流水”“导板”，什么是“搜门”，为什么要“搜门”？但演员的功底扎实不扎实，表演到位不到位，还是瞒不过他的眼睛。至于为什么要安排这几出戏，角色为什么要那样配，他当然不甚了解。

《将相和》结束了，接下来是《盗仙草》。由水芙蓉主演。

救许郎顾不得山高路险！

幕后一句“二黄导板”起板高亢洪亮，但后气明显不足。最后高八度的拖腔竟唱岔了调。在一股喷射的烟雾中，白素贞手舞云帚飘然出场，碎步圆场一周后，一个鹞子大翻身，接着一个“亮相”，动作干净利索。如果是电影电视，这里肯定是一个特写镜头。台下的一帮闹主儿不理会这是专门演给文化厅领导和新任书记看的，还是我行我素地打起了口哨，“嘘——嘘——”地此起彼伏。

冯一阁回头看了一眼，皱了皱眉头，但他却没有说什么。倒是肖奎向他们挥了挥手，示意他们不要闹。

水芙蓉今天的装扮非常有特色。她为了化妆好那一对秋水悲露的毛毛眼睛，提前用黄表烧熏了纸煤子灰。这虽然是一种既麻烦又脏的活儿，但兑上油彩画出来的眼睛却十分好看，近看毛茸茸，远瞧水灵灵。剧中的白素贞焦急、悲愤交加，画这样的眼睛很是适合剧情。平时演员们宁愿眼睛不吸引人，也不愿意花时费工找麻烦，只是用黑油彩描描眼线了事。只有会演、参赛、录像等重要演出才会熏了纸煤子灰化妆。水芙蓉不仅化妆得漂亮，衣着也十分讲究。她穿一身白底绣花小紧身（小扎绑），头戴白蛇额，用崭新的白纱绾成的两只大绣球恰如其分地吊在两边耳腮下面，额顶上一朵拳头大的红绒花十分鲜艳，随着主人一扭头一亮相，那绒花就会悠悠地颤抖。

心儿慌，手儿颤，浑身是汗气儿喘，盗灵芝插翅仙山。

做了一些动作之后，水芙蓉吃力地边舞边唱。她是唱武旦的，嗓子条件不是很好。平时因有冯一阁的原因，多时请假，不练功不吊嗓。自从半年前“伐子都”事件后，好一段时间没有演出。尽管前一阶段听了冯团长的话练了几天功，重新排了这出戏，但关键时刻还是水了一些，此时她明显感觉到力不从心。不过武打她还是演得紧凑，没有大的失误。在与鹿、鹤二仙童的对打中，不论是“小翻”“搅柱”，还是箭一般的“出手”，她都完成得不错。再配以若明若暗变化莫测的现代灯光效果，真使人目不暇接，有身临其境的感觉。

“白素贞”终于盗得了仙草，她在一阵口哨加掌声中飘然下场，那一个妩媚的飞吻，意味深长。

一阵紧锣密鼓之后，乐器戛然而止。一瞬，锣鼓又极有耐心极有节奏地敲起来了。幕后一声“耳嗨”之后，三个长袍大袖的人物出场了。他们佩着剑，其中一个人还端着一壶酒。

“宁我负人，毋人负我!”大白脸跨到中场念诗。

“曹操。《白逼宫》。”场内有人说。

台词是曹操的两句名言，好多人都知道。扮演曹操的铁柱子口气很是生硬，后音拉得长长的，表情阴险。只是柱子平时演惯了架子花脸，对于这类“大白脸”的两面性还把握得不很到位。

三人“自报家门”之后，曹操与自称陈昱和华歆的两个角色对视了片刻，然后丢下几句令人毛骨悚然的话，就恶森森地下场了。他们在诛杀了董贵妃、伏皇后之后，又进宫药杀伏皇后生的两个皇子来了。场内一下子鸦雀无声，大家都在为汉献帝父子的命运担心。

“二皇儿——”“父王——”“你们莫要远离，随父王一同前殿去者！”幕后一呼一答，苍凉，悲伤，音乐马上奏起“西皮流水”。汉献帝忧心忡忡地手托拭泪抽泣的两位小皇子上场了。

叹汉室多不幸权奸当道，
卓莽诛又逢下国贼曹操……

“咦，怎么是东方？”台上的“汉献帝”如泣如诉地唱着，台下发出了议论。

“是他，你瞧走路腿还不带劲呢。”

“吓，这小子怎么演起文角儿来了？”

“这有什么？人家要来个文武不挡啦！”

“一阁。”听见议论声，金枪王老爷子侧过头来问冯团长，“东方是演武生的，为吗要让他演文角？”

冯一阁笑着说：“东方兄弟的脚伤还没有好踏实，担心他一时演不了武生戏……我给您老汇报过的……”

为了做到滴水不漏，在安排角色上，冯一阁和滕飞确实没有少动脑筋。

让东方上《伐子都》的颍考叔吧，一则担心他的腿不带劲，怕别人说自己不关心演员，等着看师弟的洋相呢；二则，自从排了《伐子都》之后，作为A角的滕飞还没有上过场呢——滕飞不演一场，冯一阁心里是不踏实的。今天的演出虽然观众少，但观众却很重要。要让省文化厅领导和新任书记瞧瞧，除了东方，还有人能演《伐子都》呢。反过来看，如果这次东方不上台露脸，上级领导和团里人会怎么看？老爷子也会不答应。就决定让他演汉献帝，如果他不接受，今后就有话说了；如果他接受了，那他就进入了圈套——一个靠武功吃戏饭的演员，他能演好感情复杂的汉献帝吗？冯一阁知道东方的主意一般是由金老爷子拿，所以就事先征求过他的意见。而当时老爷子也担心东方的伤没有好痊愈，演不好角色，还说“一个有出息的演员应当是多才多艺、文武不挡”，并没有提出不对行当的事。可刚才他却唠叨那样的话，是老头儿醒过神来了?!

为了让东方接受这个角色，业务上还让叶梅扮演其中的一位小皇子。

东方心里想不了那么复杂，只要接受了的角儿，他就认认真真当一回事演。那些难度很大的唱腔，他还是唱得有板有眼。

咱父子好比鸟困樊笼鹰被缚绑纵有双翅难飞跃，
咱父子好比一叶孤舟驶到江心颠颠簸簸被那恶浪要吞消，
咱父子好比天上纸鸢风吹线断飘飘荡荡左无依来右无靠，
咱父子好比雪压松柏日晒雪消滴滴答答犹如珠泪四下抛。
细思想前后事忧心如捣，
做天子反落个无有下稍！

东方唱出了汉献帝内心的愤慨、怨恨和无奈，充分表现出了他“慢说是儿的母性命由他，即就是父王我贼也敢杀”的悲哀。接下来他与两个小皇子如泣如诉的对唱，情真意切，声泪俱下，场内掌声四起。

冯一阁转过头来问金老爷子：“师父，不错吧?”

金老爷子脸上尽管挂满了自豪，但他还是叹了口气说：“唉，演武生的唱文角，到底水了点啊!”

“魏公——”“外公——!”场上献帝与二皇子一声接一声撕裂心肺的叫喊，使剧场的气氛变得严肃起来了，只见曹操带领心腹陈昱和华歆上场后直奔两个吓得抖抖索索的小皇子。尽管汉献帝和两个小皇子跪在地上一再求情，但一对小皇子还是没有逃脱被强行灌输药酒的悲惨遭遇。叶梅和艾琴扮演的二皇子被灌了药酒后，腹痛难当，在地上做起了“双搅柱”等动作，汉献帝则被武士牢牢挟持着，他挣扎着声嘶力竭地叫喊：“皇儿，皇儿，二皇儿……”

场内鸦雀无声。直到大幕合拢时，才爆发出轰雷般的掌声。

《伐子都》只取了其中一折。滕飞扮演的颍考叔也是憋足了劲的。当他中了公孙子都（由学员王亮扮演）的暗箭后，在弥留之际，他鼓足勇气，引吭高歌：

飞气贯长虹，寒光照铁衣。
铁车舞铜旗，驰城见披靡。

随后哈哈哈大笑一通，那笑声怪怪的，不像是一个英雄被暗算明白后视死如归的爽笑，倒像是幸灾乐祸的狂笑，也有几分无奈的干笑。笑声戛然而止后，也是一个“后提变身”从空中翻腾而下。场内掌声四起，有几个掌声特别响亮。

## 四

郑忠正式走马上任了。

他才意识到，剧团根本就不是自己待的地方。一个月来，百十号人已经有一多半人找过他，有要求解决住房、安排子女就业、调动工作的，有要补贴、要角色的，也有反映问题的。还有提建议要求剧团体制改革、创新剧目的。大到改革管理体制、振兴剧团的，小到争风吃醋打架骂仗乱搞男女关系的，不一而足，搞得他应接不暇。

他觉得每一个人的话都有一定的道理。但他没有表态。他还不能表态，有些事情他也没法儿表态。六七十号人提了几百个问题，大都牵涉到团长冯一阁，他怎么表态？抛开老同学这一层关系不说，单是关系的盘根错节，就十分棘手。省文化厅以王书记为首的工作组进驻半年也是不了了之，他郑忠一个人还是冒不下“老虎吃天”风险。然而，群众反映这样强烈，自己无动于衷也不是个办法，党组织派自己来，就是针对团里的情况加强领导的。群众也寄希望于自己，怎么办？

“笃笃笃！”郑忠的思绪总是被不时的敲门声打断。他说了一声“请进”，就见有人推门进来了。

又是伏有。他照例提了半桶水，拿了一只拖把。几天来他都极有耐心极其按时地来搞卫生。起初，郑忠还以为他是团里专门安排搞卫生的，没想到他自己却主动“自报家门”：“我叫伏有，是乐队的。我是咱团里唯一一个写入党申请书的人，写了几年，也没有人管。郑书记您这一来，这事儿就好办啦……”

郑忠听了这话，就离座连忙夺他手中的拖把，不让他再当义务清洁员。伏有却说：“您为大伙儿劳神费事，抓剧团的改革大事，我替您清理清理卫生算吗呀？”他硬是坚持天天准时来清理办公室，郑忠也只好皱皱眉头。他在其他单位工作了二十多年，这样的事还是第一次遇到。

回到家里，也有人找上门来。今晚来的人他有些面熟，但一时想不起来是谁。好在剧团的人都直爽，也会见机行事，像伏有等人一样会做自我介绍的。

“郑书记，您可能还没有认下我，我叫吕新仁，是咱京剧团的，搞财务……”他边说话边下意识地点头哈腰。

郑忠又皱了皱眉头，问道：“有事？”

吕新仁连忙说：“是的书记，有事有事。在团里我找您好多次，见找您的人多，您又处理公务繁忙，没空，我就来来来您家了……”他一边有些口吃地说着话，一边哈着腰，点着头。

“坐下吧。”郑忠在藤条椅上坐了下来，指了指对面的沙发，又说，“喝点水吧？”

吕新仁又连忙站起来说：“不喝了，我在家喝了。您时间宝贵，我就长话短叙。是这么回事，您这一来啊，团里就有主心骨了，事情就好办了。有些事不知该讲不该讲啦？”

郑忠下意识又皱了皱眉头，说：“知无不言，言无不尽。说吧。”

吕新仁说：“那我就先谢谢书记啦。是这么回事儿，我是反映冯一阁的事，原来他是团里的土皇上，吃喝嫖赌都占全了，您总听说了吧？大伙儿在背地里都把他叫‘十全’。这人心狠手辣，表面装得豁达大度，人模狗样，骨子里坏点子可多啦，容不得人的。我说郑书记啊，您可千万千万要小心啦。原先、原先组织上准备提拔我当团长，他硬是凭借他舅舅的关系，四处活动，才当上了团长。他当了团长后，就打击压制业务尖子，把剧团搞得乱七八糟乌烟瘴气的。那件在京城的‘伐子都’……”

“老吕，这些我都知道。你还有别的事吗？”郑忠有些不耐烦了，就打断他的话。

吕新仁说：“有啊，郑书记您可不能不耐烦啊，您要为我做主啦，冯一阁那小子愣是给我穿小鞋啦……”

“我说老吕，”郑忠看了看手腕上的表，打断了他的话，“老吕，我还有事。你如果再没有什么重要事儿，就等明天到团里再说吧？”

郑忠其实也没有什么事，他之所以对吕新仁下逐客令，是他想起了其他人反映的情况。冯和吕二人原来确实是针尖对麦芒，为争当京剧团团长明争暗斗，后来冯一阁凭据“朝里有人”争得了团长席位。吕新仁就变得“识时务”起来，态度来了个一百八十度的大转折。据说他还给冯一阁下过跪，发了誓，表示效忠团长，通力合作。因为他对冯的态度变化太大，明着暗着为冯给好处，就连外单位慰问演员的烟酒糖茶和纪念品，吕也要把多一半拿给冯，为此惹得大家很是反感。其实，反感归反感，只要讨好团长一人，其他人也是没办法的。果然，冯一阁上任后不久，就把他由会计提升为总务科长。好多人都反映他们二人在经济上有说不清的关系。那么，吕新仁今晚来家反映冯一阁的问题，葫芦里究竟卖的什么药？

郑忠打发了这位不速之客，刚一落座，就听见电话响了。他本来不想接，但老婆在卫生间没有出来，他只好接了。电话里传来了女人清脆的声音："您是郑书记吗？您好啊书记大人。"郑忠一时没有听出来是谁的声音，就愣了一下，对方可能意识到了这位新任书记"贵人多忘事"，就索性说了："书记大人不记得我啦？我是水芙蓉——水上芙蓉……欢迎您的晚会上，我演的《盗仙草》……"

郑忠突然想起了她，就说："你好，有事吗？"

水芙蓉似乎一下子激动起来了，说："无事不登三宝殿。当然有事啦。我说书记大人啊，我给您汇报一下我的情况，我身体不好，我不想干啦……"

郑忠又下意识地皱了皱眉头，涩涩地笑了笑说："你不是演得挺棒的吗？为吗现在提出这个问题呢？"

"呵呵呵。"电话里传出了清脆的笑声，接着说，"哪呀？我的大书记，那一次是我拼着命为您演出，刚回到家就病倒了。唉，您不知道我有多苦啊？呃呃呃……"电话里又传来了哭泣声。

郑忠一听她哭笑无常的样子，就觉得浑身不自在。他意识到这事儿不是容易纠缠的，就说："好了好了，事有事在，你别这样了。有事明天再说吧，我还有事。"他果断地挂了电话。

第二天早上，郑忠刚刚进入办公室，水芙蓉就敲响了房门。她一进门就直奔郑忠的办公桌前，边伸出右手要与郑忠握手，边说："郑书记，我坚决遵照您的指示，等您到办公室汇报工作。您昨晚睡得好吗？"

郑忠这才意识到她就是昨晚打电话的那个水芙蓉。她怎么会问这样的问题呢？他也伸出手，礼节性地握了握，说："你可真准时。坐了说。"

水芙蓉解开了外衣纽扣，从包里取出一把折叠扇子，打开边扇边说："这楼房里就是热，您应该打开窗户透透气啦。"

这是一个名副其实的大美人儿，高挑的个头，鸭蛋形的脸面，两只双眼皮包着的大眼睛扑闪扑闪地传递着感情语言，薄薄的嘴唇配合着会说话的眼睛随时会对答如流。经过了精心化妆的面孔和一身时髦的服饰使她年轻了许多。比起那天的白素贞，她又是一副迷人的模样。郑忠心里说，也难怪冯团啊，这样的大美人儿谁不动心啦？就说："你那天的《盗仙草》演得可不赖呀。"

水芙蓉脸上露出了灿烂的笑容，眼睛一眨，说："其实呀，连我实际水平的三分之一都没有发挥出来。我本来身体就不好，好长一段时间没有练功，突然为你们领导应急，实在是力不从心。你们领导正经八百台下一坐，由不得心里紧张。您没有听出来吧？我的声音哑哑的。医生说，我的声带出了毛病，要好好休息一段时间，再不能唱戏玩命了……"

郑忠接着话头说："你的情况冯团长应该清楚，你给他说过没有？"

"哼！"水芙蓉的表情马上晴转多云，"再别提他了。他才不管我的死活呢，他看到我死在舞台上才高兴呢。"

郑忠听了又皱了皱眉头，看了一眼面前的水芙蓉，说："不会吧？冯团长可是很看重名角儿的。"

水芙蓉又哼了一声，说："哼，咱哪算得上什么名角儿啦？人家的什么东方啦叶梅啦，还有王凤琴啦，才是台柱子、名角儿啦。"

郑忠接着话头说："再好的角儿也是一个人唱不了一台戏，红花还要绿叶扶衬。依我说，你们都是团里的骨干演员，缺一不可。剧团正在改革，需要人才，你的角色很重要，恐怕团里暂时不能答应你的要求。再说，我初来乍到，还没有考虑人事问题。

如果身体有病，先看看医生，休息休息。这样好吧？”

水芙蓉可不是能够轻易打发的人。她今天来找新任书记，要求另行安排工作是假，试探书记口气，取得他的同情进而解决自己的终身大事才是目的。此时她见郑忠口气虽然平和，但态度却不容动摇，就收敛了那颗蠢蠢欲动的心。她叹了一口气说：“唉，也真是啦，您大书记刚一到任，我就提出这问题，实在不好意思，但我实在是身体不争气啦。我听书记大人的，工作调整不成了就将就吧；不过嗯……演不成戏了我可要请病假呢。书记，我可是有言在先啦。”

郑忠自然也不是傻瓜，他听出了她的话外音，就说：“演出上的事儿你去给冯团长说。再没有别的事吧？”

水芙蓉一看郑忠要下逐客令了，就边系纽扣边说：“嗯，郑书记，我还有点个人的事儿……您、您也来团里不少时间啦，您没有听说什么事吧？”

“没有。”郑忠回答得很干脆，即刻又问，“我不知道你指的什么事？”

水芙蓉愣了片刻，然后露出很羞涩的表情，压低声音说：“我、我与冯团长的事……”她说完低下了头，像个害羞的小姑娘。

“哈哈哈。”郑忠听了故意大笑起来，“我才来几天，怎么能知道得那样多呢？究竟是吗事？”

水芙蓉抬头看了看郑忠，叹息了一声说：“唉，怎么说呢？这事儿说起来怪难为情的。嗯……我们在一起也有好多年了吧。我原先的丈夫是我初中的一个同学，别看他外貌英俊，实际上是个窝囊废。郑书记，也许您一听就明白是怎么回事……他、他不行，我们就离婚了。要不是姓冯的毁了我，我、我如今还是个处女呢……为了等他，我过了好多年孤独的日子，我是个女人啦，我活得苦啊、累啊……郑书记，您是党的领导，共产党最讲实事求是，您说句实话，我这样做，您能理解吗？”

郑忠想说一句“我很难理解”，但看到水芙蓉秋水欲滴的样子，终于没有说出口。

这时有人敲门。还没有等郑忠允许，就有人推门进来了。是滕飞。他说：“噢，水老板也在这儿？郑书记，我找您说点事，您有空吗？”

水芙蓉见是滕飞来了，急忙破涕为笑，嗔怪地说：“去你的，谁是老板？”她又站起来对郑忠说，“滕科长一定有重要事，你们谈，我走了。”她临出门时，突然回过头来对郑忠说：“郑书记，给我调整工作的事，您可要放在心上啦……”

滕飞目送水芙蓉出去后，接着她的话茬说：“呵，巧，怎么都是要求调整工作的？郑书记，我也是这个事……业务科的事情多，如今人事复杂，我也不想搞了……”

郑忠不解地看了一眼滕飞，问他：“你不想搞业务，想干吗？”

滕飞被郑忠看得低下了头，但他还是说出了要说的话：“搞业务出力不讨好，荒自己的艺术，我想专门演角儿。”

郑忠说：“这事你给冯团长说说吧。”

滕飞没有从郑忠口里得到实信，怏怏地走了。

郑忠觉得再不能沉默了，他决定召开全体演职人员会议，先稳定人心。

“剧团不能没事儿干，演员不能让闲着，一闲就闹事儿。”这是金枪王老爷子对郑忠反复说的话。郑忠与冯一阁商量：从抓剧目改革入手，振兴京剧，促进剧团工作。

武打戏近年来改革成果比较显著，《挑滑车》《乾元山》《盗仙草》《闹龙宫》和《伐子都》等戏都是在全国叫得响的剧目，就是斯文戏还差火候，冯团长提议改编传统的《白逼宫》，给这部戏赋予新意，他让肖奎先拿脚本，肖奎说，先召集有关人员讨论讨论，列出提纲，确定主题，然后再动笔创作。

讨论会在小会议室召开。会议由业务科科长滕飞主持。当他开宗明义讲完改编《白逼宫》的意义之后，大伙儿就七嘴八舌地议论开了。

“《白逼宫》确实要改一改，曹操太猖狂，汉献帝太懦弱。”

“皇上是一国之君，要有个皇帝的样子，怎么能听任大臣摆布?”

“应该让伏皇后的策划变为现实，调集孙权刘备干掉曹操，重兴汉室……”

冯一阁越听距离自己的主张越远，就单刀直入，提醒大家：“大家的心情都可以理解，痛恨奸臣当道，挟天子以令诸侯。可是，可是那些情节都是历史固有的，比如杀国舅弑贵妃诛皇后药皇子，逼汉献帝纳曹妃，都是有史记载的，我们改编，只能赋予新意，而不能脱离历史事实。世人只知道历史就是那样，但为吗是那样，却一直改变不了传统的正统观念。汉献帝软弱无能，腐化堕落——用现代观点看问题，就是腐败堕落，没有能力做好强国富民的事业，这时就天降大任于斯人，于是曹操就担当起推动历史前进的重任。其实……”冯一阁点燃了一支“石林”烟，吸了一气，又慢条斯理地说起来，他尽可能要显示出他的博学多才，“其实，有关曹操的案件，国家学术界早就有人翻了案的。可是，我们的传统戏剧还把人家当大白脸的奸臣演。这次咱们就是要打破传统，标新立异。我看要改就改得彻底一些，是不是，郑书记？我看把曹操改成忧国忧民、促进统一大业的救世主，把他的大白脸改成大红脸有何不可？您说是不是郑书记?”

“团长。”东方听了，觉得一下子难以接受，就说：“历史归历史，艺术归艺术。曹操在舞台上当了多少年的奸臣，一直是个大白脸，要是改成红脸英雄，观众的感情恐怕一时难以接受哇。”

冯一阁看了一眼这位平时不大喜欢在公众场合说话的师弟，又斜视了一眼金枪王，笑了笑说：“改革改革，就要幅度大一些，我们要树立品牌意识。只要我们改得好，观众是会接受的。

荒诞剧《潘金莲》不是很叫座吗?”

滕飞也说：“要敢于吃螃蟹。这样一改，说不定还能一炮打响呢。”

肖奎说：“那杀国舅弑贵妃诛皇后药皇子，这些史料怎么在剧中反映呢?”

冯一阁接上话题：

“那些都是历史事实，你就原原本本地写进去。但是要注意一个问题：为什么要杀他们？不杀行不行？要在这方面多做文章。比如说，你肖先生向前行走，路遇一块绊脚石，你是绕道行呢，还是搬掉它？特别是这块石头有碍于你的前途和生命的时候，你会怎么处理？我以为新编历史剧《曹操与杨修》还是忠于历史的，敢于为曹操正名。”他一边说，一边抓着烟灰盒做比画。尔后对金枪王说，“师父，我还想听听您老的意见，您可是见多识广啦。”

躺在沙发上闭目养神的金老爷子听了半天，总算听出了一点眉目，他正想发言，正好大徒弟征求他的意见，他就坐起来说了：“我叨点意见。现在我们演的《白逼宫》，曹操特凶，大伙儿都憎恨他；汉献帝很可怜，大家都同情他。大家晓不晓得为吗呀？一阁晓得吗?”

冯一阁笑着说：“汉献帝自己软弱无能，没掌兵权呗。”

金老爷子摇了摇头，又摆了摆手，说：“不是不是。这只是现象。你们不是常说透过现象看本质吗？本质究竟是吗呀？你们还记不记得咱们团早年演过《斩韩信》？韩信可是了不起的人物，他被汉高祖封为三齐王，可他却死在了吕后的手下，还是吕后调来宫女陈仓用菜刀杀害的，惨啦。韩信临死前有一句唱腔，一阁还记得吧？‘百年后咹咹咹转世再报仇冤咹——’”

老爷子说着说着就唱了起来，唱罢又大咳起来，咳完又接着说，“这曹操啊，就是四百年前被屈斩的韩信转世的，刘邦就转世为汉献帝；伏皇后就是吕后转世的，董贵妃是手执菜刀杀害韩信的陈仓女转世的。还有萧何啦、董承啦、陈昱啦、华歆啦，都是有来头的。萧何三次引荐韩信，向刘邦举荐封王的是萧何，后来趁刘邦不在诓韩信进宫让吕后杀害的也是萧何，这就是历史上说的‘成也萧何，败也萧何’。萧何死了就转世托生为董承，所以就有‘三考董承’的故事，一报一还啦……那两个跟随曹操的心腹陈昱、华歆，其实是与韩信一块儿被杀害的英布与彭越转世的。世界上的事啊，就是这样，冤冤相报。我们吃张口饭的，知晓的事理多，才能把握住角儿的思想分寸。不晓得大伙儿听明白了吗？只要晓得这些根基，那曹操就不觉得可恶了，汉献帝、伏皇后、董贵妃、董承也就不值得同情了，唉，也是汉室气数将尽，不可挽回啦！”

冯一阁本来很是讨厌老爷子胡拉八扯的絮叨，但他又觉得他说的事对按照自己的意图改编剧本很有用，就说：“师父说的故事对改编剧本参考价值很大，肖先生你可听好了。就是嘛，世界上绝对没有无缘无故的恨。”

肖奎听着老爷子絮絮叨叨地讲因果报应，就有些不以为然，这会儿又听见作为一团之长的冯一阁也是随声附和，就更加纳闷。编剧本要他执笔，剧本的思想内容要他把握。在他的心中，还没有这样全面推翻传统剧本的思想准备。他说：“按照冯团的意思是把曹操写成英雄救世主，那么最能体现他思想性格的那两句名言‘宁我负人，毋人负我’怎么理解，还用不用了？”

“用，照常用。”冯一阁说得很干脆，“这两句台词是有历史背景的，那是他杀了吕伯奢一家后说的话。当时他雄心勃勃，一心想统一中原，有人的思想行动与他的思想分道扬鹿（镳）的话，他就格杀勿论。那时候啊，他就以天子自居，人若负了他，就是负了天下，这正是表现了曹操以天下为己任的雄心大志。汉献帝养尊处优，纨绔成性，胸无大志，难成大器，靠他振兴汉室是不可能的。伏皇后、董贵妃一心想维持摇摇欲坠气数将尽的汉王朝，其实质是为了她们自身的命运而倒行逆施的垂死挣扎，这样的绊脚石，曹操当然不能任其挡道。嗯……至于药杀二皇子嘛，那也是出于无奈，是被逼上梁山啦，只能另当别论啦。所有这些，后人只不过是只知其然而不知其所以然罢了。”

冯一阁的一番高谈阔论显得有理有据，大家便不好再说什么。

不过，对于他的实际理论水平，大家还是有所了解的，肖奎更是清楚。平时念报纸错字百出的他（今天只是把镳念成了鹿），为吗说起来是一套又一套的？看来他决心改编新版《白逼宫》的计划不是一天两天了。

最后滕飞请郑忠讲话。既然到会，不讲当然说不过去。再说事先冯一阁和滕飞都给他说过，要他准备讲一讲。

对于《白逼宫》的内容和历史背景，郑忠当然并不陌生。听了大家的发言，他也得表个态。他笑了笑说：“大家知道，我是个门外汉，对京剧艺术说不出更多内行话。总之，团里安排搞京剧振兴项目，这是一件好事，这是值得肯定的。我想讲几点原则性意见供大家参考：第一，要牢牢把握政治方向，坚持党的四项基本原则，坚持‘双百’‘二为’方针。剧目的改革要做到内容与形式的高度统一。第二，历史剧的改编要赋予新意，要找准与现代社会意识、经济文化、伦理道德的契合点，为现实服务，为观众所能接受。这也是毛主席倡导的‘古为今用’。第三，要根据本团的财力物力和演员条件而宜。”

剧团里加强了党的领导，最得意的莫过于肖奎了，他焕发了创作热情，日夜伏案笔耕，很快写成了剧本。不过，剧名不叫《白逼宫》，初稿命了两个剧名，一是《花脸》，二是《红逼宫》，最后定稿为《曹操与汉室》。等一应事儿就绪，宣布了角色准备排练之时，却有人找上门来了。

郑忠早晨刚刚进了剧团大门，就被一位女演员拦住。她开口就问：“郑书记，这一次分配角色为吗又没有我？”还没有等郑忠说话，她又气咻咻地嚷道，“您大书记在团里调查调查，看我王凤琴什么角色不能演？他们压制了我这么多年，打击报复，还不是因为我揭了他们的丑事！”

郑忠一听话头不对，就说：“别嚷啦，有事到办公室谈好不好？”

王凤琴跟着郑忠快步上了二楼，一进房间，还没等郑忠让座，她就一屁股坐在了郑忠办公桌对面的沙发上。由于生气和上楼动作快，她还喘着粗气，脸色涨得红红的。

郑忠问她：“你以前都演过哪些角色？”

王凤琴说：“我本来是主工青衣的，可是这团里哪里按行当对路派角色啊？哪里缺人我就演哪个角色，我花旦、青衣、老旦、武旦、刀马旦，哪个角色我也能胜任。他们怕我出名，超过他们，总是千方百计压制我，不让我上角儿，一年四季让我跟上那一帮毛头小伙子跑龙套。一个吃张口饭的，我混得好艰难啊，呃呃……”王凤琴竟抽抽搭搭地哭了起来。

郑忠皱了皱眉头，说：“事有事在，你别哭好不好？哭能解决问题吗？”

王凤琴哭得更伤心了，鼻涕一把泪一把地边哭边用手绢擦边说：“我盼望了多少年，您大书记来了，我想我的局面能改变一下啦；可是，可是这回的新编剧又没有我的角色。剧里面伏皇后、董贵妃、曹贵妃，还有吕后，那么多的旦角，就不给我派一个。这回老娘我……”

“王凤琴。”郑忠听见她出了言语，就严厉地提醒她，“你说话要客气点！”

王凤琴起身欠了欠身子，像演传统戏一样，算是表示歉意，她说：“对不起啦，郑书记，我太激动啦。不过我不是冲着您来的。我是来给您说一声，这次我豁出去了，我非演伏皇后不可！”

郑忠见她这样，也没好气地说：“既然这样，你还来找我干吗？”

王凤琴也不示弱，她说：“您是党派来的书记，我当然要找。我原以为您能够主持公道，给我调整角色，看来您这个党还是‘挡’不住。我现在给您打声招呼：伏皇后我演定啦，他们让演我要演，不让演我也要演，看谁能把我挡得住？”王凤琴说完就起身走出了书记办公室，楼梯上传来她“噔噔噔”的脚步声。

郑忠又遇到了多年来又一次遇到的新问题，他想起她尖刻的话，狠狠地把拳头砸在桌子上，刚才倒进杯子里的水溢了出来。他觉得这件事不得不过问一下，就抓起电话机给滕飞拨打。刚打完电话，肖奎敲门进来了。

肖奎显然看出了郑忠还在生气的表情，就问：“郑书记，发生什么事啦？”

郑忠没有正面回答，而是反问他：“这个王凤琴演技如何？”

肖奎笑着说：“我刚才碰上她啦，她哭哭啼啼骂骂咧咧的；又看见您生气的样子，我就猜到几分了。她是来要角儿的吧？”

郑忠看见肖奎漫不经心的样子，就厉声说：“我问你呢，她到底能不能演戏？”

肖奎一看郑忠一脸的严肃，也不好再摆笑脸了，就说：“怎么说呢？别看她脾气倔、嘴疯，可角儿倒还演得像模像样的。按说，这次应该给人家分配一个角色……”

“那为吗给人家不分？”郑忠盯着肖奎问。

“这事能怪我吗？”肖奎两手一摊，也表示出无奈，“要是由我分配角色，我肯定给她安排上伏皇后，可我不在业务上，由不得我啦。”

正说着，滕飞敲门进来了，肖奎说：“滕科长来了？你们谈，我走了。”

滕飞目送肖奎走后，对郑忠说：“郑书记找我有事？”

郑忠说：“这次新排的剧目，角色是谁安排的？”

滕飞眨了眨眼睛说："是冯团长亲自安排的。怎么，安排有什么不妥当吗？"

郑忠说："为吗没有给王凤琴分配角色？"

滕飞其实早就猜测到了王凤琴会找书记告状的，早有思想准备，就说："她能演吗啊？我说郑书记，业务上的事儿复杂着啦，这些鸡毛蒜皮的事您就别管啦。这些事您一旦介入，那麻烦事儿可就多啦。书记您别见怪，您当书记嘛，管个方向路线就是啦……"

"不行。"郑忠见滕飞慢条斯理的样子，就坚决地制止了他，"谁说当书记的只能管方向路线、大政方针，不能管群众关心的具体事？方向路线、大政方针体现在哪些方面？这次不管怎么说，也要为王凤琴考虑安排一个角色！"他又制止了滕飞欲说的话，"你对冯团长说，就说是我的意见！"

可这滕飞也不是等闲之辈，他从衣袋里掏出一张角色分配单，递到了郑忠面前："郑书记您看，这角色分配单是冯团长签了字的，您能不能给他打个电话说说？"

郑忠接过角色分配单一看，只见文件右上角冯一阁签署着"同意"的字样。他习惯性地皱了皱眉头，心中马上想到，这并不是冯一阁亲自安排的角色，而是滕飞安排的，或者说是他们二人事先沟通的。就说："我说了，这次无论如何也要给王凤琴安排一个角色，具体安排什么角色合适，你们商量。"

滕飞显得有些为难，他说："安排角色倒也不难，伏皇后只安排了水芙蓉一个人，还没有配上 B 角；水老板经常有病，给王凤琴配个 B 角未尝不可。可是，可是……我得给书记您提个醒，王凤琴可是个无中生有见缝插针得寸进尺的主儿，这次您满足了她，说不定她还会提出什么要求来啦，搞不好……嗯，您会后悔的……"

郑忠看他含糊其辞的样子，心里很是不舒服，就坚决地说：

“她还能翻了天不成？就按你的意思办，让她上伏皇后的B角！”

滕飞没有立即走，而是抬头看了郑忠一眼，意味深长地说：“这次就看在您新任书记的面子上，给她安排一个角儿。不过，她要是演砸了，下次就没有她上角色的份，今后您也不能再替别人争角色了……”

## 五

“当！当！当！”洪亮的钟声一下一下地敲响了十下，最后一响提醒人们早点休息。冯一阁那间办公室里仍然亮着灯。他自从与水芙蓉结婚住进她那宽敞洁净的家属楼以后，这间原先常常通宵亮着灯的房子近来有相当一些日子不曾亮过灯了。

“笃笃笃，笃笃笃。”一个身影弓着腰挤进了射出光亮的门缝，胆怯地站在冯一阁的的面前。

“团长，您找我有事？”来人低声问道。

冯一阁以极其迅速的眼神瞟了来人一眼，没有立即回答，而是“哗啦哗啦”翻看着那本卷了边的《戏剧改革》杂志——那上面发表有他的文章《振兴京剧浅谈》，然后下意识地看了看收录机，才慢条斯理地打火点燃“中华”香烟，他深深地吸了一气，吐了一串大小均匀的烟圈后，才斜视着来人说：“无事不劳你科长的大驾。那边有沙发，坐下吧。”

来人是吕新仁。他摸不清团长今晚单独找自己究竟有什么事，所以还是一脸茫然地站在地下，没有落座。片刻后，他怯怯地说：“团长，到底有吗事？”

“吗事？”冯一阁又斜视了一眼面前的人说，“若要人不知，除非已莫为。纸里面包不住火，还是你自己说吧。”

吕新仁虽然做事老到，但他到底是做贼心虚，就怯怯地说：“我，我去过郑书记那里……”

冯一阁吸了一气烟，又吐了一串烟圈，昂着头说：“是吧？书记那儿就是人去的，去了就去了，这有什么不正常吗？”

听了这话，吕新仁更加惴惴不安起来，他努力定了定神，尽量显得平静一些，咽了口唾沫说：“是这么回事。我见他不懂京剧艺术，不是坚决支持您搞京剧改革，就给他提建议，还为他说明‘伐子都’事件的真相，那根本不是您团长……”

冯一阁一听就火了，他一拍桌子，站起来重重地“哼”了一声：“哼，你不要再自欺欺人了。狗改不了吃屎。我知道你的老毛病又犯了！”

他说着“啪”的一声按下了收录机的按键，吕新仁的声音带着哭腔就由收录机里飘荡出来了。

“团长，我、我不是人，我该死；是我鼠目寸光、鼠肚鸡肠，嫉贤妒能、鬼迷心窍……其实、其实，您团长最有本事最有才能最会知人善任。我当着日光灯发誓：今后我不会再做对不起您团长的事了，一定跟着您好好干，肝脑涂地在所不惜……这是五千元……”

吕新仁一听竟是自己三年前的录音。他万万没有想到，冯一阁竟然能做出这样伤天害理的事来，竟然录音了。他想骂，还想用头撞，也想扑上去抓起收录机摔个粉碎……但他还是忍住了。冯一阁这个人可是无毒不丈夫啊，要是撕破脸皮公然对立，他行贿又告状、发誓又下跪的事都会统统暴露在全团人众面前，他还如何做人，如何立足？唉，自己酿的苦酒只有自己喝了。他准备选择妥协。

吕新仁还在进行着剧烈的思想斗争，冯一阁却发话了：“老吕，这事儿是你自己出尔反尔、自作自受，可别怪我姓冯的言而无信了。当初，你联名团里人告我的黑状，给我网络罪名，想整倒我你来当团长。我是大人不记小人过，没有理会。后来，你自己给我道歉了，认错了，你承认自己败了，服了，要我原谅你，给你机会，我依了你。我这人够豁达大度了吧？过去的事过去就是啦，我没有报复你吧？我不但没有记仇，反而提拔你当后勤科长，够意思吧？可你啊，有一段时间确实不错，对我对工作还真是兢兢业业，可是来了一位新书记，你就蠢蠢欲动啦。告诉你，在这个团里，只要我姓冯的当一天团长，就要做一天的主，使一天的权，我劝你别再耍花花肠子啦。好啦，你上次送给我的那个红包还在我这里，我原封没动，不知你在里面装了何物？咱就当着大伙的面交给郑书记，让他评评这个理……”

冯一阁的语气里夹着委屈，娓娓地揭示着来人的往事。

突然那边家属楼上传来了凄凉悲壮的唱腔：

听一言吓得我魂飞魄散，帝王家头顶上没了苍天。
急忙忙撩龙袍跪在当面，救皇儿顾不得君臣倒颠。

东方和着叶少兰的配音录像还在练习汉献帝的唱腔，静夜中显得十分清亮。

这边吕新仁呆若木鸡，坐不是，走不能，站不踏实，发作不得。看来，今晚不做出比三年前更进一步的承诺，这个伪君子是不会放过他的。操，再下一跪吧？唉，活了半辈子，给自己的父母也没有下过跪啊！操，说不成了，人家汉献帝能给曹操下跪，我吕新仁算吗呀？大丈夫嘛，能屈能伸——今日的屈，就是明天的伸。韩信当初还从人家的胯下钻过呢。听说冯一阁也给水芙蓉跪过好几次呢……吕新仁想着想着，两条腿不由自主地软了起来……

晚饭前，“双馨室”里又沸腾了。

柱子第一个用筷子敲着碗咋呼着：“有人找书记要到角儿啦，各位知道是谁啦？”

“还能有谁?”有人搭腔了，“那娘们儿可是有一套的。”

“哈哈哈，行，咱往后没得角儿演，没得钱花了，也去找书记大人啦……”

“只怕是你小子那东西没长对啦。”

柱子一听大伙儿感兴趣，就索性哼起京腔来了：“盼星星，盼月亮，只盼着深山出太阳。好容易盼来了一个‘党’，娘儿们重把皇后当哎……”

伏有也来劲了，他说：“一个大大的书记，没有一点立场……”

柱子看了看伏有，哼了一声，说：“你不是他的勤务员吗?你每天给他清理卫生、擦屁股，他给你吗好处啦?”

伏有唾了一口唾沫说：“谁是他的勤务员?丫挺的，我早就不干了。哥们指望他主持正义呢，他响屁不放一个。”

柱子说：“看来还是人家冯团厉害呀，敢作敢为。上一次的《伐子都》一炮打响，誉满京城；这一回的《花脸》保险又盖了。你说是吧滕大科长?”

这位人称“四肢发达，头脑简单”的架子花脸柱子，他的思想感情真的令人琢磨不透，一会儿这样一会儿又突然那样，此时候当着滕飞的面，不知他说的是真话还是反语。

滕飞当然不是等闲之辈，他虽然心里幸灾乐祸，但说出的话却是滴水不漏：“书记是上级党组织派来的，大伙儿还是要相信党组织，不要乱说啦。”

郑忠近日来有些焦虑不安。如果说前一阶段他忙得疲于奔命的话，近几天反而无所事事了。团里的大小事儿都是冯一阁、滕飞、吕新仁安排处理，不论事情大小缓急，他一过问，冯一阁总是以各种理由推脱：“这些小事儿，好办，您就别操心了。”上午发生的事，他觉得不能再听之任之了。

党支部决定每周五是政治学习，可当他征求冯一阁意见，让他在会上讲一讲有关业务问题时，冯一阁却有些不以为然，说：“我说郑书记，咱这是艺术团体，你就不要像要求别的机关单位的办法来要求了。学习，干巴巴念文件谁听？《曹操与汉室》即将开排，时间实在太紧了，明天的政治学习我看取消了吧——马列主义，灵活使用。”

郑忠说：“周五的政治学习已经取消了好几次，好几个文件都超过规定传达期限啦，文化厅党组还催着上报传达贯彻意见呢。再说，黑板上已经通知啦。”

冯一阁漫不经心地说：“哎，如今的文件大都是空的虚的，有吗时效？上面要汇报，让肖奎编着起草一份不就行了？黑板上的通知好办，我让人擦掉就行了。”他说着就大步流星地走到对面墙壁的黑板跟前，拿起板擦，哧哧哧地自己擦拭起来。

当时郑忠要阻拦，但只发出一个“哎”，黑板上的通知已经被擦去了一半。他想发作，可终于没有说什么。他走进自己的办公室，越想越生气，就势坐在办公桌前发呆。他摇了摇头，叹了口气，习惯性地皱了皱眉头，缓缓地端起了桌子上的茶杯。茶杯下的玻璃板下面，压着的一张发票映入了他的眼帘。

郑忠，住宿，三天，单价一百元，合计三百元，大写。右上角有冯一阁的签名“核支”。本来已经报销了，可昨天吕新仁却退了回来，说是违犯团里规定了。吕新仁是笑眯眯地拿来的，他说：“郑书记，不好意思，这张发票不能报销。咱们团里经费紧张，你们头儿不是开会研究过了吗？在本市开会，一律不报销住宿的。”

郑忠说了之所以住宿的原因。会议上安排晚上还有活动，要求都要住宿的。本来是文化厅里安排住宿的，但最后厅里一结算这笔费用不小，就又让各自回单位报销。与会者都是各部门各单位头儿，就都付了款，开了票。

可吕新仁说："团有团规，还是不能报销的。冯团长带了头，人家就没有报销。"

他说："冯团长没有住宿，当然没有报销。我的情况他是知道的，他不也签字了吗？"

吕新仁说："团长当然不能不给您签字啦。可他掌握大原则，我们具体办事的是要负责任的。这一条咱们的制度上都标明着的。您是大书记，您总不能眼看着让我受罚吧？"

郑忠不想与他辨什么理，就掏出一叠票子摔给了他。这张发票就留了下来。

他想，一定得抽空找冯一阁谈谈。

他打火点燃了一支烟（他本来是不抽烟的），一边慢慢地吸，一边想着心事。

滕飞推门进来了。他一手拿着一卷彩纸，一手攥着一把毛笔。他笑容可掬地走近郑忠，说："郑书记，您没事儿吧？"

郑忠有些纳闷，反问："你有吗事？"

滕飞说："是这，书记，听说您书法不错，是大手笔啦，我想请您帮帮忙……咱们的演出预告要提前一个月出，美工小张有病住院了。再说，这次新改编的《曹操与汉室》演出预告不同寻常，您书记亲自制作的宣传预告肯定会盖帽的。这是彩纸、画笔，我再让人给您把颜料拿来。"滕飞把纸和笔放在桌子上，俨然一副不可置辩的样子。

一切跟事先约好的一样，滕飞刚刚离去，吕新仁又来了。他依旧脸上堆着笑，手里抖着两张纸条，说："郑书记，又要让您破费了。这是电费，三十八块八，还有一张电话费条子，是八十八，八八，发发啊！"

"电费？电话费？"郑忠真不明白，书记办公室的电费、电话费还要私人出？！

吕新仁说："郑书记您来咱们团时间不长，有些事还不知道吧？其实这些事也让我们具体办事的很是为难。咱们团的财经制度本来就很严，您这一来一要求，就更严啦……”

郑忠似乎意识到了他要做什么，就说：“究竟吗事，请直说。”

吕新仁显得有些无奈，他伸手挠了挠有点旋顶的头皮，慢条斯理地说：“是这样的。书记办公室按说是不应该收费的，可是，可是，您用过电炉子，好像晚上也打过几次麻将，这是要收费的，咱这单位人多情况复杂，偷电的人大有人在，您书记带头，就好制止啦……还有这电话费，从电信局抄录的话费单子看，您打过许多长途……”

郑忠说：“长途，打过。这是公事，还要个人出费？”

吕新仁显得胸有成竹，他说：“是这样，郑书记，我请示过冯团长，他说与外界联系什么工作他不知道，还是……”

“好了，别再说了。”郑忠打断了他的话，“我问问冯团长，看他怎么着？你走吧。”

吕新仁还想说什么，被郑忠严厉的目光逼了回去。吕新仁只好抖着发票走了。

不大一会儿，楼房下面有人嚷嚷着：“这是谁的主意？纯粹是欺负人！”

“按照书记的指示严格执行制度，按月公布账目，怎么叫欺负人？”这是吕新仁的声音。

“人家是书记，你怎么能给他记迟到？”这是肖奎的声音。

吕新仁反唇相讥：“书记怎么啦？王子犯法还与民同罪啦，书记更应该带头遵守制度。”

郑忠算是听出了一点眉目，就开大窗户，问道：“吗事？”

肖奎说：“郑书记您下来看看，他们给您记了两次迟到，还罚了款，有这么办事儿的吗？”

郑忠顺着肖奎手指的方向一看，果然在排练厅的门前墙壁上，贴着几张白纸统计的数字。他问：“什么时候迟到的，罚款多少？”

肖奎说：“谁知道您大书记什么时候迟到的？罚款四十，每次二十……”

郑忠说：“好啊，这是四十块钱。吕科长，我算是当面认罚了……”他说着从衣袋里摸出四张十元票子，卷起来从窗口扔了下去，接着“啪”的一声关了窗户。

他刚坐下生闷气，又有人敲门了，他没好气地说了声“请进”，水芙蓉就带着一股香水味飘了进来。她还是快人快语，刚一进门就说：“郑书记，我不上伏皇后了！”

郑忠说：“又是为吗呀？”

她反问道：“听说这次彩排，A、B角都要上，是吗？”

郑忠说：“是呀，这是我要求的，我想全面了解一下演员阵容。”

水芙蓉说：“我不，我不愿意与那个骚货同台演出，要演她一个人演去。”

“请你说话注意用词。”郑忠严肃地说，“都是本团演员，同台演出便于相互学习，取长补短，相互促进，这有什么不好？再说，同台演出又不是两个人同时上场，你在前她在后，你犯的哪门子邪？”

“反正我不演！”水芙蓉说完一屁股坐在沙发上，一副不答应不罢休的样子。

郑忠还是皱了皱眉头，下意识地弹了弹并没有烟灰的香烟，说：“既然这样，你去找滕科长、冯团长他们去，调整角色是业务上的事……”

水芙蓉听了，“呼”地从沙发上站起来，冲着郑忠大声说：“这事儿不是您给决定的吗？王凤琴的角色不也是您大书记给要的吗？我才不找他们呢，就找您！”

郑忠此时心中的气直冲丹田，但他面对这样的人，知道是“秀才遇上了兵”，就尽量缓和口气说：“好啊，你找我也行，我的意见是：角色早就定了，谁不演都不行！”

## 六

彩排终于在剧团小剧场举行了。

说是彩排，实际上比正儿八经的演出要严谨得多，当然也很隆重。请来了省文化厅的各位领导，全省文化界知名人士，著名剧作家、戏剧评论家，著名导演和省直及各县五十多家剧团的负责人，还有各大新闻媒体记者，共二百多人。

吕新仁、肖奎和滕飞仍是最忙碌的人。肖奎早几天就把剧场布置得焕然一新，还自编了一副楹联贴在舞台两侧的明柱上：

贯彻双百方针党政齐唱革新歌；

培养一代新秀干群同谱团结曲。

郑忠徘徊在剧场门口，迎接着陆续来看戏的人，只见管衣箱的小张来到他跟前，小声地说：“郑书记，团长在后台叫您呢。”

郑忠就随那小伙来到后台。他与正化妆的人们打着招呼，看着大家都在认真化妆收拾，心中涌上一丝欣慰：改革成果终于要面对观众接受检验了！

冯一阁已经化好了妆，点着一支烟抽。他画的是红花脸，水纱一勒，使他胖乎乎的脸显得更加容光焕发。他见郑忠走过来了，就凑过来低声说：“郑书记，小水病了，很严重，今天恐怕上不了场啦……”

郑忠皱了皱眉头说：“是吗病？总不会是思想病吧？”继而他又笑着说，“老同学，我不信你这个团长丈夫还治不好她的那个病啦？”

冯一阁一脸的严肃，说：“书记老同学别开玩笑啦。她真的病啦，是重感冒，现在还在吊针呢……前天你给我说了她的事，我给她做了工作，早就想通啦。这是您上任后新排的第一部戏，作为弟妹她还能不重视吗？可是有心栽花花不开，真他妈的病得不是时候。不过，还有B角王凤琴呢，就让她一个人辛苦一下，不误事的啦。”他说完显得很轻松地吐了一串烟圈。

郑忠觉得心里还是不踏实，就说：“今晚的演出可是非同寻常，不能有任何差错，你就让滕科长、吕科长考虑得仔细一些。演出的事你看着办，我负责接待领导和宾客。”他在后台转了一圈儿，就走进剧场了。

“丁零零，丁零零……”第一遍预备铃声响了，这是静场的信号。它告诉人们：离演出还有一刻钟了，乐队、司幕和头一场上场的演员都要各就其位，进入状态。

字幕亮了，映出了剧名和演职员名单。

演员表上的伏苓伏皇后标明由水芙蓉和王凤琴二人出演。第一场是《屯田》。

人们都在静候着，只等第二遍铃声响过，就可以看到壮观的戏剧场面了。

突然后台传来一阵嘈杂声，好像有人在吵架。

场内一阵骚动，大家都不知道后台发生了什么事，相互询问。

郑忠叫上肖奎连忙赶到后台，只见一个大汉扑三扑四地撒野，嘴里结结巴巴地骂着粗话：“呃、呃，臭婊子，你你你给给老子滚滚回去；你你你个臭娘们打扮得妖妖妖里妖气的，嫁、嫁人去？呃、呃，老子还还没有死呢……”

原来这是王凤琴的丈夫文相博，他下岗后开出租车。

再一看王凤琴，她化妆得十分漂亮的旦角脸，被抹成了黑乎乎的大花脸，她在墙角捂着脸哭，凤冠上的穗子、珠子掉得满地都是。

文相博听说是郑书记来了，就又骂骂咧咧叫喊起来：“哪个是郑书书书记？我我我正要找他个大大大流氓啦……怪怪道来，这个臭婊子口口声声不离姓郑的，口口声声骂老子窝囊废，连连连做梦都念叨姓郑的什么鸡巴书记啦，原原原来关系不不不一般啦……你你你们哪个是郑郑书记？想给老老老子戴绿帽子子子，流流流氓……”

冯一阁厉声喝道：“你们还愣着干吗？把他给我搞出去！”他一边穿彩裤，一边这样高声喊，“我们郑书记根本就不是那样的人，你别破坏演出！”

滕飞一边在水龙头上洗化完妆的手，一边献殷勤似的说：“郑书记，您看王凤琴的老公真是鸡蛋里头挑骨头啦，无赖一个……”

“谁谁谁是无无无赖？”文相博一听郑忠也在场，更来劲了，“姓郑的，我㕭你姥姥，你你你没打打打听一下，我姓文的他妈是什么人人人啦？你想骑在我我我头上拉拉屎……”

他扑颠着走向郑忠。冯一阁、滕飞、伏有等几个人都喊着“挡住，挡住”，可身子却不动，肖奎上前阻拦，被那醉汉推了个趔趄，差点儿摔倒。王凤琴一看醉丈夫就要挨到郑忠跟前了，就不顾一切地扑过来抱住他的腿，一边拉扯一边骂：“贼挨刀的，你要打就打我吧，你不能冤枉好人。你个该死的贼挨刀的杂种……”她一边哭泣，一边硬是把丈夫往后拖。

“啪、啪、啪。”王凤琴的脸上又挨了丈夫的几个耳光。

此时后台有人喊：“别打人，别打人，弄坏了戏装可是要赔偿的！”

正在这时，只见金枪王老爷子拄着拐杖，气咻咻颤巍巍地来到后台，他不容分说，举棍子就向那醉汉狠狠地打去。边打边骂：“我叫你胡闹，我叫你胡闹；你还不给我滚出去啦！”

那醉汉挨了几棍子，酒醒了一半。他正要发作，一看是金老爷子，就软了下来。金枪王还要打，被郑忠上前拉住了。这时派出所的民警也赶来了，他们拖走了醉汉文相博。民警是肖奎打电话叫来的。

王凤琴几把脱下了霞帔，摘掉了头上的花子和网子、水纱，长嘶一声："天哪，我没法儿活啦！"就跑出了后台。

"快快快，快把她追回来！"肖奎指挥几个站角子的小青年去追她。

开演的时间早已过了，怎么办？

王凤琴被追回来了。她只是一个劲儿地哭。她的半边脸被醉丈夫打肿了，鼻子也打出了血，用棉花塞着。看来让她上场是不行了，怎么办?!

郑忠气得脸色发青，手指头颤抖得连烟都点不着。但他明白，在这种情况下，越气越急越解决不了问题。他最关心的是戏怎么演。经肖奎提醒，他也才想起水芙蓉来。他走近抽闷烟的冯一阁，说："老同学，现在是不是把水芙蓉动员来，请她坚持坚持……"

冯一阁似乎还在呼呼生气，他说："我说王凤琴靠不住、靠不住，你看……小水昨晚烧得厉害，这会还挂瓶子呢，恐怕不行吧？"

郑忠说："那怎么办？"

冯一阁说："老同学您看吧！"

"王凤琴，你就争个气，拉了这节硬屎吧？"有人鼓动王凤琴上场。

王凤琴捂着被打得花里胡哨的脸，一个劲儿地哭，她说："我的天哪，我活都没法儿活啦，还演吗戏啦？"

"嘘——"台下有人打口哨了。

接着有人说："盖，这下有好戏瞧啦！"

后台也有人在想着办法："谁还能演伏皇后？"

"哈哈，依我说啊，以后得实行三角制啦，A、B 角不够用，来它个 A、B、C!”

有人干脆哼起了京腔：“劝国太莫要哭凄惶，听为臣把话说端详……”

肖奎越听越生气，就说：“都别嚷嚷了。滕科长，打二遍铃，通知大伙儿准备上场!”肖奎一反平时谨小慎微温文尔雅的常态，此时他的声音铿锵而严肃。

大家都被搞懵了，面面相觑。

“那谁演伏皇后?!”沉默了片刻之后，几乎所有的人在同一时发出了疑问。

肖奎也没有管大家的情绪和神态，一边收拾东西，一边说：“你们尽管上自己的戏，别管谁上伏皇后。反正不耽误演出就是了。叶梅，帮我化妆。唉，王凤琴，你也别只管哭啦，也来帮忙收拾收拾。”他俨然一副成竹在胸的样子。

肖奎这一说，刚才还在纳闷的一帮小玩闹这下子又活跃起来了：

“哈哈，肖先生演伏皇后啦?”

“我说肖师傅，您是要当当代的肖兰芳啦?”

“哥们，这下更有好戏瞧啦哈哈!”

肖奎听惯了这帮小玩闹损人的歪词儿，这会儿根本不理会他们，只是一个劲儿地催促：“冯团长、滕科长，你们还愣着干吗呀?快组织演出啦。”

他见冯一阁和滕飞对视着交换眼神，就说，“怎么着，你们怕我演砸了是不是?我当着大伙儿的面立个军令状：演砸了我受罚!”

冯一阁说：“我说肖大先生，这可不是儿戏……”

“肖先生，上，演砸了我金老头子兜着!”金枪王顿着拐杖情绪激动地说。

“肖先生，您别担心，我给您提词儿。”一直没有说话的导演助理小吴也发话了。

肖奎双手抱拳示意了一圈儿，说："谢谢金老前辈，谢谢吴导演。救场如救火，请大家都支持支持我吧。冯团长、滕科长，离伏皇后上场还有两场戏，四十来分钟，化妆来得及，你们准备上场，别再犹豫啦。"他说完开始刮胡子，叶梅开始兑油彩。王凤琴也不哭了，连忙整理从她自己头上卸下来的鬓发和贴面花子。

大伙儿一看肖先生来真格的了，摇头的摇头，叹息的叹息，称赞的称赞。

郑忠打心底里佩服肖奎这种敢于救场的精神。但同时也为他捏着一把汗——四十出头的汉子，他能演好感情丰富的女主角吗？

冯一阁脸上掠过一丝不易觉察的笑意。他点燃了一支烟，狠劲吸了一气，然后不阴不阳地说："好吧，各负其责，准备上场！"

郑忠长吁了一口气。他要搀扶金枪王到前场去看戏，却被老爷子用拐仗挡开了，老爷子说："你到前场去招呼领导，我蹲这儿，也好给肖先生壮壮胆子啦。"

"丁零零，丁零零——"响亮的铃声使剧场安静了下来。稍停了一会儿，开台锣鼓便"锵哝锵哝"地响起来。又一会儿，"咚！咚！咚！"三通战鼓响过之后，雄壮的"启幕曲"便掀开了紫红色大幕。

音乐变得急促起来。舞台上漆黑一团，天幕上隐约可见无数摇曳的旌旗和滚滚硝烟。一个挺胸昂首佩剑伫立的剪影侧身站在山顶上，身上的披风随风飘动。

灯渐明。在一曲雄浑的音乐声中，剪影缓缓转正身子。地光灯恰到好处地"扑唰"一下照射在舞台人物的身上，使他显得容光焕发，气势非凡——红脸，剑眉，眉宇间画着一条白色的"通天柱"。懂行的人都知道，这样的脸谱表示忠勇刚强，胆识过人，且有帝王之相。他，大红色披风下罩着一身金黄色改良靠，头戴福字盔，耳挎黑满须。除了本团的演员，其他人都认不出剧中人是什么角色。

除豪强，平定边患，抑分裂，统一中原；
兴屯田，解救灾难，济贫困，民呼青天！

角儿开口一唱，大家才听出是团长冯一阁的声音。别看他平时总是睡眼蒙眬，但这会儿却显得精神抖擞、气宇轩昂。几句昆腔唱罢，大家也从字幕上看出了眉目：剧中人是曹操。虽然是京剧，但作曲者却根据导演意图，把这段开场引子谱成了昆腔。这对于表现曹操豁达豪放的性格十分有利，再加上这不同于传统剧中大白脸奸臣的脸谱和装饰，曹操的形象就显得耐人寻味了。

下面的唱腔很自然地转为京剧的“西皮流水”：

疾世俗不拘一格唯才是荐，
削众藩为的是重振江山。
恨世人怀叵测颇有偏见，
把英雄反当成谋位权奸。
汉献帝胸无志苟延残喘，
他怎能顺民意统治中原？
众同僚都劝我自立代汉，
这件事倒教我左右为难。
我岂能把英名毁于一旦？
大丈夫欲求伸先得屈拳……

曹操的一大段内心独白式的唱腔结束后，缓步进入军帐，然后是谋士陈昱、华歆、荀彧、郭嘉等进帐问安，共商屯田大事。

郑忠看着看着，想起了开演前的事，不由得气又上来了。他工作了这么多年，还没有平白无故地当众遭受如此的侮辱。他想申辩，但那是“秀才遇上兵”的事；他想发作，但怎么发作？向谁发作？他懂得，在那个节骨眼上，他最需要的是冷静、镇定。当时，他硬是咬着牙忍耐住了。然而，他毕竟也是活生生的人，他的内心能平静得了？当第二场演到《围猎》时，曹操从金钱豹口中解救汉献帝时，他的注意力才被吸引到舞台上。记得在讨论剧本初稿时，他与冯一阁的意见不够一致，最后还是自己让了步。据史料记载，曹操为了试探众臣的人心向背，就邀请汉献帝一同出宫打猎。汉献帝射兔子不中，曹操就一把夺过汉献帝手中御箭，“嗖”的一声射中兔子，他见众臣向汉献帝祝贺，就傲然立马献帝眼前，接受众臣贺拜，之后私藏了献帝御箭不与交还。编剧时改为：献帝对一头梅花鹿屡射不中，曹操为了维护汉献帝的面子，紧跟其后，随着献帝射出的箭，他也射出一箭，果然射中了鹿，曹操却对众臣说是献帝射中的，让众臣祝贺。不想鹿儿带箭逃走，汉献帝青年任性，不听劝告，一人追赶，却被林中蹿出来的豹子扑下马来，正在这十分危急的时刻，曹操一马赶到，射死豹子，救出了汉献帝……

郑忠当时曾提议：这样改编固然对改变曹操在百姓心目中的恶劣印象有好处，但那样就脱离了历史事实。冯一阁却有他的道理：文艺嘛，就是要去粗取精，为我所用。

第三场　带诏。伏苓——水芙蓉、王凤琴。

字幕映出，群情哗然。看到这两个人的名字，郑忠又下意识地皱了皱眉头，显然他心里想的是代她们饰演伏皇后的肖奎。

四宫女在忧伤的音乐中缓步上场了。由肖奎扮演的伏皇后随后也出场了。

国贼当道帝权落，朝事悠悠怎奈何？

也许是大伙儿为他的精神所感动，两句“引子”念罢，场上竟爆发出雷鸣般的掌声。一帮小玩闹们的口哨被掌声湮没了，他们也不得不加入到鼓掌者的行列中来。掌声经久不息，不能照常演出，肖奎不得不带领四宫女到前台来鞠躬感谢。掌声好不容易才平静下来。然后“她”落座在中场的椅子上，四宫女立即随之跟到了“她”的身边，分两边站立。

郑忠的心总算落到腔子里了。当肖奎宣布自己替演伏皇后时，他虽然感动，但毕竟心里没有底。肖奎是编剧，剧本反反复复修改过十多遍，几次带乐排练，他也在场观看，听取意见，剧中角色的台词、唱腔、程式等等，他自然都了如指掌。平时外出演出，有时差一个龙套或配角，他也顶替过。可那毕竟是有规律可循的配角，而今天演的却是剧中的三号人物，也是女一号。这个角色是与传统的伏皇后判若两人的角色，难度之大，不言而喻。还有，今天演出可是非同寻常，是全省文化部门要害人物的审查演出，用行话说是“血红台”。这样的“血红台”，即使他会唱腔、懂程式，但那一举一动一式一招他能表演到位吗？嗓子能适应吗？没想到，他还真的差不离儿。你瞧他，细条身材杨柳腰，白皙清瘦的脸面经过化妆，还真像那么回事。网子帘子一戴，鬓发面花一贴，凤冠霞帔一穿戴，俨然一副皇后模样。要不是人们知道内情，生人很难看出是由男士扮演的。剧情这样一改，使伏皇后成了吕后式飞扬跋扈的人物，这就比原来那个忧国忧民贤惠善良的伏皇后更难表演一些。一大段唱腔也是有板有眼：

有本后坐深宫自思自叹，
忧国事怠梳妆懒用三餐。

曹操贼擅生杀大权独揽，
眼看着汉江山日坠西山。
靠献帝他难把乾坤扭转，
我要效先皇后力挽狂澜。

[灯渐暗，夜阑人静，伏皇后渐渐入梦。

[一束追光照射在站立在烟雾中的吕后身上。

吕后：茯苓，汝身即吾身。四百年前的我，何等的威风？杀英布诛彭越，斩韩信治戚妃，哪曾有过手软？当今尔却是这样地畏首畏尾优柔寡断。亡国之后，你不觉得有愧于列祖列宗吗？亡国之后，亡国之后……

(最后一句一声比一声高，形成洪响效果)

[追光消失，吕后隐去。

伏皇后：（突然从梦中惊醒，灯光复明）亡国之后，亡国之后?！不，我要效法先朝主母，联结天下义士，诛杀曹操，彪炳史册！

第三场刚演结束，小张又来叫郑忠了，说是冯团长叫他呢。郑忠以为又是那个王凤琴的男人来纠缠，他的眉头又拧了起来，就问：“又有吗事？”

小张说：“王凤琴愣是要上场演出，大伙儿劝不下，她跟冯团长吵起来了……

郑忠跟随小张连忙走进后台，只见王凤琴已经重新化妆了，正在对着镜子贴面花。冯一阁照样吸着烟，厉声问她：“谁让你上的？”

王凤琴冷冷地说："我自己要上，我应该上。"

冯一阁说："都是你啦，搞得你男人把人家郑书记骂了个狗血淋头，你还有脸再上角色？"

王凤琴头也没有抬，仍然在装饰，她说："不要脸的人大有人在。我演了戏怎么就不要脸面？您是当团长的，请说话客气一点……"

冯一阁没想到王凤琴会是这个样子，他气急败坏地吼起来："你、你，要角色也是你，捣乱也是你，人家上了角色，现在掺和的还是你，你、你想干吗啊？剧团不是饭馆，你想来就来想走就走？不行，你不能上，我要处理你！"

王凤琴也是毫不示弱："我偏要上。这是共产党的剧团，国家的剧团，不是你冯一阁和水芙蓉家的剧团……"

冯一阁也真的火了，就说："好你个王凤琴，你等着瞧！"他摔下烟屁股，掉头就走了。

郑忠拦住不知要走向何处的冯一阁，说："一阁，有事慢慢商量，别影响演出；这场演出很重要的啊。"他又对王凤琴说，"王凤琴，你情绪不好，脸上又有伤，你就别上了，反正肖先生已经上了……"

"不，我要上，我一定要上，谁也拦不住！"她贴好面花，"呼"地站起来走向衣箱，去穿彩裤。

肖奎正好下场了，他见王凤琴执意要上场，心里一阵高兴。他对大家说："她要上就上吧，后面的戏正好我不太熟悉，有些动作难度大，我也做不来的。王师傅，你不要紧吧？不能上就不要勉强啦？"

王凤琴边穿彩裤边说："您放心，肖老师，我不会给大伙儿丢人，也不会给郑书记丢脸的。"

肖奎说："你可不能感情用事，一定要演好啊。那就赶快穿服装吧。"

冯一阁却说："不行，哪有这事？想上就上不想上就晾台。肖先生你照上你的。她的事回头再算账！"

肖奎说："我说团长啊，到这份儿上了，您就别再较劲了。齐心协力演好戏才对啊！"

郑忠也说："她是实学实排的，总比肖先生强吧，就让她上吧？"

冯一阁哼了声说："哼，让她上，他的醉汉男人不知又会做出吗事来？那醉汉再来闹事我可不管啦！"他说完就愤愤地上场了。

肖奎一遍又一遍地催促着王凤琴："快穿服装，快到场了。上场后要跟冯团长好好配合。"

《诛后》一场戏无须过多穿戴，只穿青衣折子、白裙子，头上也不戴冠不插花。刚刚装扮好，冯一阁扮演的曹操就在前台叫喊了："把妖后押上来！"

王凤琴就在后台"啊"了一声，算是叫板。过门之后，她唱道：

事败露被贼拿气——炸——肝——胆！

她幕后一声"二黄导板"激越悲壮，先声夺人。然后被二武士前拉后推地上场。她甩发、亮相，碎步走圆场，随着武士踢来的脚，就势一个"吊毛"，干净利落（这个动作肖奎是难以完成的）。另一武士手执鞭子抽打她，她就在地下连连滚翻起"乌龙搅柱"，整整翻腾了一周，台下掌声四起。之后，她被武士揪起头发，她倔犟地仰着头，一口气呵成了如下唱腔：

遭鞭笞，受凌辱，一代国母赴黄泉，
身虽死，魂儿难遣！
恨苍天不睁眼助曹灭汉，

发诏书也不能瞒过曹蛮。
怨皇上太软弱全无主见，
任曹贼发号令挟控朝班。
后和妃被杀戮无力赦免，
这样人有何能重振汉轩。
我一死不足惜史册位显，
实痛惜汉江山移位权奸。
二皇儿年幼小谁人照管？
狠心贼断不会放儿生还。
想到此不由我心肝疼烂，
（叫头）二皇儿，小姣生，
难见的儿啊！
天保佑我的儿不受牵连！

王凤琴唱到此时，竟悲声大放，声泪俱下，台下掌声四起。

冯一阁马上进入了角色，穿着蟒袍的他看到她是这个样子，心情显得有些沉重。

曹　操：娘娘受惊了？给娘娘千岁松刑。娘娘在上，本公这厢有礼。

伏皇后：哼！（气愤地转过脸去了）

曹　操：（礼毕）娘娘这就不是，汉运衰败，气数将尽，民心思治。你等犹如风中残烛，秋后的蛇蝎。本公不忍加害于你，你为何网罗天下乱臣贼子，图谋本公？

伏皇后：曹操，奸贼，是你私结党羽，挟制天子，杀害后宫。你才是祸国殃民的乱臣贼子。我恨不得将你千刀万剐！

曹　操：伏苓，我佩服你的胆略。可惜太迟了。你想效法先后吕雉，使汉室江山成为你伏氏的一统天下。只是，你只有吕雉的野心，却没有她的智谋。你不思辅佐献帝振兴汉室，却整天引诱皇上，沉溺于酒色之中，以致于才有了今日的杀身之祸……

伏皇后：呸，曹贼，你挟天子以令诸侯，强把女儿塞入后宫，勾引皇上，使我等不得接近天颜，真乃是无耻之尤！

曹　操：死到临头，还敢强词夺理？来呀，枭首示众！

伏皇后：哈哈哈……曹贼，你当真敢杀我？

曹　操：祸国殃民的妖后，杀你何妨？

伏皇后：我是当朝国母。

曹　操：你是网罗伏氏势力，图谋汉室江山的妖后，也是阻碍历史前进的顽石！

伏皇后：你难道就不怕后人唾骂吗？

曹　操：宁我负人，人毋负我。为了重振国威，推动历史进程，骂我何妨？谁是谁非，就让历史见证吧！

伏皇后：曹操，奸贼，你听着！（唱）

为汉室我死后史册彪炳，

奸贼你留骂名遗臭万年！

曹操，奸贼，你有种，杀！

曹　操：（冷笑）哼哼哼，好一个深明大义的一代国母，本公我成全你，杀！

[音乐大作，灯渐暗。

曹　操：（率众跪地）请娘娘升天！

众　臣：请娘娘升天！

[切光。

第五场是《闯宫》。冯一阁说，这一场戏改革得最彻底，把原剧中曹操药杀二皇子，逼汉献帝将自己的女儿曹妃立为皇后，改为二皇子听见母后被杀冲进曹府刺杀曹操和曹妃，被校尉砍杀。改曹氏逼宫为二皇子闯宫。二皇子唱道：

母后被杀心疼烂，
奸贼做事欺了天。
我弟兄闯出后宫院，
杀奸贼为母报仇冤。

他兄弟二人愤怒极了，直奔曹府，杀死了曹操的侍卫，因年少体弱，终被捉拿。曹操见他们年幼无知，不肯伤害，就晓之以理，他唱道：

只因你父皇太无能，
无力支撑汉乾坤。
你母后奸佞心不正，
网罗势力杀忠臣。
一忍再忍无可忍，
因此上杀她命归阴。
劝你们回宫莫任性，
免得与儿母同路行。

二皇子哪里肯听劝告？他们破口大骂曹操和曹妃，挣脱了侍卫直取曹操，结果被校尉乱刀砍死。见他们被杀，曹操不胜伤感地唱道：

二皇子血染地流平，
不由本公痛心中。

只缘天下为己任，

骂名掩盖一世功。

第六场是《出击》。这场戏有武打场面，曹操就换成铁柱子扮演。

曹操在搬掉了阻碍他统一大业的绊脚石董承、董贵妃等人之后，相继清除了伏皇后和二皇子等内患。他整顿兵马，精心部署，四路出击，先后杀吕布，取徐州，击刘表，败袁绍，收张鲁，取汉中，杀崔琰，诛杨修；罢四郡置新郡，并九州开稻田……以磅礴的气势横扫群雄，统一了北方，与蜀、吴形成鼎足之势……

有些情节本来是发生在诛杀伏皇后之前的，但为了集中表现中心思想，还是前拉后撤地安排在本场。这样多的战争，一场戏是难以表现的。表演中采取了天景切换和画外音的链接。铁柱子的扮相与冯一阁很是相似，武功比冯一阁还要强些，他出神入化，威风八面，象征性地击败了一个个劲敌。

演出在极其热烈的掌声中结束了，大幕徐徐合闭，尔后又慢慢开启，演员们按照主次排队出场，一对一对地谢幕。卸了装的冯一阁和肖奎也出台谢幕。

## 七

领导接见完演员，当晚就在剧团会议室里召开了座谈会。大家对剧情的评价自然褒贬不一，在肯定改革创新精神的同时，提出了许多修改意见。肖奎自然受到了众口一词的称赞。省文化厅党组书记王斌和厅长郝志强都发表了言简意赅的意见：改革创新，不仅仅是从剧目入手，更重要的是要从剧团体制入手。剧目是要靠人创作演出的，如果体制不顺畅、不科学，人的思想就得不到解放，积极性就得不到发挥。今晚的现场情况就是一个实例！

水芙蓉真的病了，病得很厉害，一连几天不吃饭，急得冯一阁像热锅上的蚂蚁，来回奔波于医院各个科室和病房。

滕飞按照冯一阁的授意撰写评论文章。

肖奎的担子自然不轻。剧本的修改任务很大，基本上是推倒重写。

郑忠被文化厅党组一个电话叫去了。

接待他的自然是王斌书记。两个人寒暄了几句客套话，王书记就直奔主题："你没有听说什么事吧？"

郑忠从王斌脸上的表情意识到可能有什么事情，就说："没有。有什么事书记尽管说吧？"

王斌从抽屉里取出一个信封，抽出几张白纸，抖动了一下，说："这里有你的几条罪状呢。"

郑忠有些诧异，就说："王书记，我郑忠到职时间短，没有给大伙儿办多少实事，但也没有做什么违法乱纪的事呀。人家都反映了吗事，请书记明示。"

王斌抬头看了一眼郑忠，说："你仔细想想，收过别人的东西没有？"

郑忠一听，有些好笑，就说："没有，团里有人送过烟酒和衣服，但我没有收——我以党籍担保！"

王斌在纸上打了一个叉，又问："你让人打扫卫生，作为入党条件，有这事吗？"

郑忠说："没有，是他自己要打扫的。我郑忠再没有头脑，也不会蠢到那个程度。还有吗罪状？"

王斌又在纸上打了一个叉，看了一眼郑忠，说："你违犯过财经纪律？"

郑忠听了突然一股气涌上心头，就站起来大声说："这算吗违犯财经纪律啊？真是无聊至极！"他说了后勤科长吕新仁收电话费、电费和开会报销住宿费的事，"那些钱我自己掏了，还算违犯财经纪律吗？哪个单位党的书记的电话、用电收费？哪个单位头儿开会住宿个人掏腰包？”

王斌听了似乎有些不相信，盯着郑忠说：“如果真是这样，他们的做法也就太过分了。我回头再问问情况，让他们把钱退还给你，不像话！”

郑忠说：“事情已经过去了，就别再为这事劳您书记的大驾啦，我只希望您和厅长能主持公道，剧团发展改革、兴利除弊需要你们主持公道。”

王斌说：“这个自然。你听着，还有呢。”他索性拿起告状信念起来：“这位党的书记道德败坏，勾引有夫之妇王某某，闹得满城风雨，严重影响党在人民群众中的良好形象……”

“哼，无耻至极！”郑忠一拳砸在沙发扶手上。王斌反而被逗笑了，说：“你别发急啦。这是生活作风方面的，还有政治方面的呢。”他又煞有介事地念起来：“大搞资产阶级自由化，借改革旧剧目之名诽谤现实……好大的罪名啊！”

郑忠当然知道这些罪名是谁网罗的。他说：“书记，我刚到任才多少天，就有了这样多的罪状，这说明了什么问题呢？我请组织详查，搞个水落石出，还我一个清白。”

王斌脸上变得严肃起来了，他说：“群众有反应，组织上当然不能等闲视之，我们要进行深入调查。其实，我们已经有所了解啦。请你来再核实一下，明天，或者后天、大后天，我们会下达调查结果的。请你相信党组织！”

郑忠第二天回到团里，他心事重重地走上楼梯，开了办公室的房门，刚刚打开窗户，金枪王老爷子就在东方的搀扶下来到了房间，他被扶着坐下后就说：“书记吔，怎么样啦？剧团事儿不少吧？听说有人给你写黑状了，别理他嘛。剧团就这熊样儿，您可要挺得住啦。我是在阎王爷那儿报过到的人啦，我拼着老命也要支持您啦，东方小两口也是支持您啦，您是党的人啊……给，这是我的入党申请书，请您跟肖先生当个入党介绍人吧，我还动员东方也写了入党申请书，您就好好培养培养我们爷俩！”

东方也不好意思地从衣袋里掏出填写好的入党申请书，双手郑重地交给郑忠，他有点羞怯地说：“郑书记，咱还离党的条件差远啦，师父鼓励我积极向党靠拢，我、我也就献丑啦。书记您可要多培养教育咱啊。”

郑忠接过这一老一少递交的两份入党申请书，觉得手中有了分量，他百感交集，本来心里有许多话要说，可他却只说了一句也许并不恰切的话：“谢谢你们！”

丁跃的《伐子都》发表于《朔方》1987年第10期。本作品《花脸》中人物金枪王、东方、叶梅、冯一阁、滕飞、柱子、肖先生和“一帮闹主儿”都是原著中人物。

《花脸》经征求原作者意见后，创作于1992年8月。2003年8月修改；2016年7月再修改。

·系列短篇·

# 关于《花旦》的故事

## 梦中情人

黑子对于妻子连日来的冷漠感到莫明其妙。他下班回到家，她爱搭不理的，与她说话，她也是冷冷地爱答不答，问好几声她才简明扼要地回应一声“嗯”“不晓得”“谁知道”“我不管……”。一向好动，爱说爱笑的妻子是怎么了？以往，对于妻子使的小性子，黑子总是有办法解决的，最有力的撒手锏便是等她睡下后，用手挠她的痒痒，挠得她笑岔了气发出泼妇般的浪笑时，他会把握时机，与她亲热的。他知道，第二天她会比自己早起的，早餐一定会比往日丰盛得多，丢下的脏衬衣臭袜子也会被洗得像毛巾一样散发着说不上感觉的香味来。结婚八年了，他懂得她。可这次他的“撒手锏”却是不灵了，她见他玩电脑，她就看电视；她见他看电视，她就早早地睡觉了。他约莫着她进入被窝时，他就摸索着也脱衣上床。可她似乎知道他要做什么，内衣内裤穿得紧紧的，被子裹得严严的，不让他得手。他当然知道她的脾气，在这种情况下他要动手动脚，那是自讨没趣、自寻烦恼。嘿，她果然得寸进尺了，干脆连饭也不做了。她到底怎么了？

“你到底是咋话儿了？”一连几天，他总是问这句话。她也总是只回答五个字：“你自己晓得。”自己晓得？自己晓得还问你个猪脑子干什么？其他事还能凑合，可不做饭却是不行的。黑子从小就没有养成做饭的习惯，结婚后除了妻子不在或者有病时偶尔胡乱倒腾一点熟食充饥外，他一般是不下厨房的。他见她没有做饭坐在沙发上脸色直勾勾黑着，就问："咋还不做饭?"

她看了他一眼，不屑地说："你还用得上我给你做饭啊?"

他觉得她的话里有话，就说："你不做谁做？你这话是什么意思?"

她哼了一声说："有人给你做饭哩……你不会让齐翠花给你做饭吗?"

"齐翠花?!"黑子一听这个名字，顿时觉得好气又好笑。他咧嘴笑了一下，说，"你才是个猪脑子……"

妻子更来气了，说："我晓得你嫌我是猪脑子。齐家的婊子脑子好得很，你跟她过去，让她做饭去……"

黑子彻底被妻子的举动惹笑了，就哈哈大笑起来，笑得前躬后仰。

他这一笑，轮到妻子莫明其妙了，她睁大了诧异的眼睛，看着幸灾乐祸的丈夫，有点怯怯地问："咋了，你跟她咋了?"

黑子狠狠地瞪了妻子一眼，厉声说："你说我跟齐翠花咋了？你个猪脑子晓得齐翠花是谁吗？哼，小心眼!"

妻子越加茫然了，不过她的口气还是没有软下来，就说："齐翠花是谁我咋能晓得？你每天晚上睡梦里叫得脆活，你们到底是啥关系?"

黑子听了简直笑岔了气，他走进书房，把那一本他读得烂熟的《花旦》啪地撂在妻子的面前，没好气地说："你个猪脑子好好看看，看我跟齐翠花有啥暧昧关系?"

妻子明显地软了脾气，她翻了翻那本封面印有花旦头像的书，喃喃地说："是书上的人啊?"

黑子说："你当她是谁啊？是小说中的主人公，她人漂亮，可是命运悲惨啊……”

妻子还是心有余悸地说：“那你咋那么爱她呢?”

## 画　像

她应该是啥样子呢？“嫽耶，娇耶，智耶，刁耶?”王师傅看着《花旦》封底这几行文字，反复琢磨着这几个诠释《花旦》女主角齐翠花的关键词。他画她的笑呢还是临她的哭呢？他画过许多古代的美女，西施、貂蝉、王昭君、杨贵妃……有哭的有笑的，也有不哭不笑面容平淡的。美女是哭不咧嘴，笑不露齿，可齐翠花却是与众不同，她似乎很少笑——好像只笑过两次：一次是她在有意安排好友王兰香与其久别了的丈夫张百旺在张镇堡见面开玩笑时，被调皮的张百旺一席荤段子逗笑了；另一次是在延安重逢时她被张百旺强行推进红富贵房间“重温旧梦”时笑了。两次笑都是短暂的，并不热烈。她更多的是哭，命运一次次地捉弄，使逆境中的她只有伤心落泪。就是她扮演的角色，也大都是悲剧人物，胡凤莲、李慧娘、黄桂英、白素贞，不是“泪湿粉面”就是“血泪交流”。即就是金枝玉叶的昭仪公主、岚萍公主也分别遇到了麻烦事，一个是受了驸马委屈，在宫中“珠泪滚滚”，另一个也是因驸马被禁，吓得“心胆寒，泪满面”。

经过一番琢磨，王师傅选择了画笑。一位贯穿整个作品四十年的女主角——当家花旦，她只笑过两次，这是多么宝贵的笑?这种笑一定意味深长!

王师傅把原作《花旦》摆上了案头，又把介绍和评论《花旦》的折页、报刊也摆在旁边，以激发灵感。他一边调试颜料，一边在脑海里过滤作品女主人的造型。画龙点睛，画人物眼睛至关重要，齐翠花的眼睛是长在“鸭蛋形脸上的双眼皮包裹着的大眼睛”。然而，人笑起来眼睛是不会睁得太大的，但美女的眼睛画小了就显现不出神韵来——笑眯了眼睛的多是老头儿和小孩子，齐翠花的眼睛应该画出特点。王师傅终于落下了庄重的一笔……

齐翠花的影子在他的脑海里反复闪现着，他想起了她身怀六甲时被毒瘾折磨得痛不欲生的情形，她在王家戏班夜以继日卖命演出却遭到同行忌妒陷害的情形，正在演出的她被土匪抢上妖魔山的情形……后来她被莫明其妙地打入“右派”另册，遣回原籍劳动改造，沉重的土肥压在她瘦弱的肩膀上，麦趟里她艰难地骑在别人留给她的“墙头”上，打满血泡的双手一撮一撮地拔着麦子，麦秆沾满了鲜血，汗水、泪水、血水一起流；村子里演节目，正面人物没有她的份，昔日名噪西北的当家花旦只能扮演老财主、害人贼一类的反面人物。就这样轰轰烈烈地改造了她二十一年，平反时却发现她不是右派分子，而是命运的捉弄，是阴差阳错的误会——她被冤枉了整整二十一年，二十一年啊！就在她争取平反后奉献余热的时候，也免不了被陷害的厄运，年近七旬的她，不得不选择了投入永清湖洗涤冤屈的下策……

王师傅每一次读到这里时感觉到心里一阵剧烈的绞痛。越是这样，他越关注齐翠花的遭遇，时时为她的命运担心。他觉得齐翠花身上有母亲太多的影子。他的母亲就是在那个年月投入山间的水库的。她也是所谓的“右派”，是被父亲宣布“划清界限”离了婚的。齐翠花有幸被跟踪的柳毅救下了，可自己的母亲却永远地魂归碧蓝的水库，离开了他和妹妹。那时他只有四岁，妹妹才两岁。

一颗泪珠“啪”地滴在画纸上，正巧滴在齐翠花的右眼睛下方。王师傅感到有些沮丧。他正要揉碎重画，却发现这一滴泪水滴得恰到好处，使这张少妇的脸透视着扼制不住的悲伤，左眼眶秋水欲滴，右眼睛泪已难收，溢出眼眶。笑容画成了哭相，这比有意画哭泣的人物还要逼真。王师傅于是又重新修改、着色，以便让她更具神韵。

哭泣的齐翠花草图画成了，王师傅觉得意犹未尽，他挥动画笔，在背景上勾画出了齐翠花扮演胡凤莲的剧照。素衣素裙素巾素花，依托着渔家女的桃花粉面，她双目含泪，神情悲伤，两边腮旁各吊着一只雪白的绣球，左手挽着绣球，右手托着船桨。其人与剧照相辅相成，相互依托。

整个图形勾画成形了，不知不觉几个小时过去了，妻子催他吃饭，他嘴里应酬着，可就是不想放下画笔——他懂得，一旦放下，再提笔时不一定有这样的感觉，他索性一鼓作气完成这幅作品。这是他画的第一个《花旦》人物，下一个是红富贵，再下一个应该是红星，再下一个……他细心地数了几遍作品中的人物，有名有姓的就要一百八十多个，他要把他们都画出来，最起码也要把三十多个主要人物画出来呢。

## 催眠曲

姜彩凤见了钟之声，笑吟吟地走近他。他对这位远亲戚很是尊重，也就微笑着还以表情，并问她，最近好着吗？不想她却没有回答，而是一拳头打在他的胸腔上。她的拳头虽然下得不重，但这一拳却着实把他打懵了。她可从来没有这样对待过他，她对他平时十分尊敬，见面后总是十分礼貌地称呼着“他姨父”，向他打招呼。她之所以这样称呼，是因为她的堂侄女嫁给他的堂侄儿当媳妇，两家十分亲近，逢年过节总是相互走动。可今天她是怎么了？从笑容可掬的表情看，她没有恶意。

她是个心直口快的人，不用担心她胡搅蛮缠。果然在打第二拳的时候，答案就连同拳头一起落在了他的身上。

“你胡编乱造的啥呀？”她边打边说，说完又“呵呵呵”地笑个不停。他还是不明其意，愣愣地盯着她的笑脸，努力地寻找她要表达的意思。她接着说："你写的是不是你亲自经历过的？"

她这一说，钟之声才明白过来她发"神经"的原因，就说："他姨你把《花旦》看完了？"

她说："那么厚的三大本，十天半月咋能看完？"她见他脸上仍然流露着傻气，就又说："儿子和媳妇子争着看呢，到不了我的手里，只有晚上睡觉前，我家老刘才给我念着听一段……呵呵呵，你写的啥吗，能把人笑死……"

钟之声听了脸上露出喜悦，说："只要能让他姨和刘主任开心就好。不晓得你们看到哪一章节了？"

姜彩凤说："我也晓不得是第几章第几节，反正是两口子在被窝筒筒里的事呵呵呵……"

钟之声笑着说："那种事多得很，三本子六十章，里面有几十处呢，不晓得你们看到哪里了？"

姜彩凤也笑着说："就是大宝跟他媳妇腊月晚夕的事……呵呵呵。"

钟之声听了笑笑说："他姨你跟刘主任若是要返老还童、调动情绪，就多看吧，后面比那精彩的情节还多着呢……"

她说："都成老屁筒了，还调动啥情绪呢？是夜长睡不着，电视没看头，才解心慌呢。他爸爸念着念着，我就不知不觉睡着了，你的书成了催眠曲了。"

## 男网友，女网友

### 一

网络真是好东西。钟之声心里不住地赞叹着。是啊，要不是网络，他一个在电脑上连打字编辑都不在行的人，怎么会一下子结识那么多热心的网友呢？他的得意之作《花旦》怎么会在陕甘宁乃至全国的秦腔戏迷中产生如此广泛的影响呢？这不，"天使秦音”又发来短信了：“老师，快来看，又有人跟帖发表意见了。评价挺高的。”钟之声连忙打开电脑，搜索了《花旦》连载的《中国秦腔城》，嘀，《花旦》果然又被调整到前面显著位置了，这好像已经是第六次调整了。因为该网站关注发帖的网友多，每天新发的帖子总是会及时代替原有的帖子，使原有的帖子向后推移，时间一长，有些帖子就被推移到后面十多页或者更加靠后的位置了。《花旦》自从被网友传发到网站后，曾经一度很少有人关注，点击自然寥寥无几。多亏结识了“美院花脸”“秦腔扇子”“三人禾腔”“荒野孤客”“山虎”“兰增干”“杨好男”“朝歌”“秦梦”“铁杆秦痴”“天使秦音”“死心塌地”“胡孙梦启”“六盘武生”“秦之腔”“疾风”“可风”“西北狼”等网友，之后《花旦》一下子就成了该网站的“宠儿”，浏览点击它的网友总是与日俱增，评论也是日趋到位，它的位置也就不断前移。今天跟帖的网友有十多位，大都对《花旦》给予了中肯的评价。“山虎”的帖子写道：“这篇小说故事情节起伏跌宕，悬念丛生，语言驾驭娴熟，地方特色浓郁，紧贴生活，朴实无华，毫无矫揉造作痕迹，如涓涓清流，沁人心脾，有平凹风。楼主的辛苦可想而知。”紧接着跟了好几个帖子，“死心塌地”道：“我花了两天时间读完了上部，真是好书。期待后续部分快点出来。真没想到，我觉得比《秦腔》更好看，更耐看。”“胡孙梦启”直接顶上：“楼上说得好。我下载下来，已经看了一部分，就是好看。”“天使秦音”说：“这部小说上中下三部我已经全部看完，那浓浓的地方风俗和方言俗语，勾起人无限的思乡情绪。这是一部非常能打动人的作品。读《花旦》的过程是一种享受的过程——给人的感觉是过瘾！”同时她又说：“听说下一部要写《花脸》，我个人倒期待《须生》，从受众面来讲，我想《须生》要比《花脸》广。”

## 二

网友毕竟是网友，离开网络，那种神秘感和亲切感似乎要大打折扣。然而，“天使秦音”却是一个例外。

有一天，钟之声正在伏案写作，突然手机“吱儿吱儿”地响了。他打开一看，是一条短信：“钟老师您好？我是一位秦腔戏迷，网名叫天使秦音，真名王金山，在银川工作。在网上看了您的大作《花旦》，觉得实在太好了，我想购买几套书馈赠亲友，几经周折才打听到您的工作地址和电话。如果您手头还有书的话，请告诉我。”

钟之声当即回复了短信，从此便开始了手机短信交流。小王按照钟之声的指点，很快在有关书店买到了三卷本的《花旦》。自从那天起，钟之声的整块时间总是被王金山的手机短信切割得支离破碎。《花旦》出版发行后，热心读者不少，但像王金山这样热情的读者，钟之声还是第一次遇到，他稍有想法和看法，都要发信息询问甚至质问作者。钟之声被这位“兄弟”的热情和执着所感动，总是有问必答。

“当时的农村还很落后、保守，农村女人怎么会那么大胆地挑逗男人呢？”“你指的是谁？”

“是大宝媳妇腊月，还有双宝媳妇冯菊花，还有红星媳妇顺子。”

“哈哈，兄弟怎么会问这个问题？其实，男女之事乃是天性，无论是所谓文明的城里人还是被看作愚昧的农村人，他们都是一种生活生理的本能。透过现象看本质，农村人表达爱的方式比城里人更直接更原始。”

他们就这样一问一答通过手机短信交流感想。

老师怎么重男轻女啊？您的作品中总是女方主动追求男方，而且一追就成？比如齐翠花追求红富贵、田大勇，顺子、冯菊花、杨红梅、高举等人追求红星，李桂花追求长工红全生，都很容易；而柳毅和红为民追求了一辈子齐翠花都没有追到手，哈哈！”

钟之声觉得他读书读得很认真，心里一阵感动，但要说明这些问题，需要时间的。就也打了“哈哈”两个字开头，算是以高兴的心情来回应他的提问，接着他以友好的口吻打出了如下的文字：“兄弟的问题提得好，为兄三言两语说不清楚。待我到了银川，咱们住在一起，听哥详尽为你道来吧。”

对方果然没有再刨根问底，而是发来了“哈哈”两个字，一笑了之。

## 三

钟之声到银川开会，他给王金山发了一条短信：“兄弟，我下午到银川，晚上有空我们见见面。”

时隔不到一分钟，王金山回了短信：“好啊，来了给我发信息，我请您吃饭喝酒，再约几个您的粉丝一起唱秦腔。”

钟之声不觉笑了，心里说：哈哈，我居然也有“粉丝”了?!

正在这时，手机又吱儿吱儿地响起来了，他一查看，是另一位朋友发来的短信：“晚饭安排在丰泽园，下车后直接打车到那里。二楼仙鹤厅。”

朋友大凡得知他下午到银川，就安排了饭。他想，大凡是单位头儿，而小王是私人请客，不要让他破费。就给大凡发了信息：“谢谢你安排得如此周到。不过我还有几位朋友也请我吃饭，可否合并一处，以免浪费。”

大凡回复：“好啊，你把他们带过来吧?”

征得了大凡的同意，钟之声就给王金山发信息：“小王，有朋友已经安排好了，你就不要破费了，你和网友们一同到丰泽园仙鹤厅吧。”

钟之声到了约定的丰泽园，大凡和司机小王、秘书小张已经等候多时，可王金山他们却还未到。大凡让他再催催，他就又发了信息："小王，快来吧。就等你们呢。"

过了一会儿，小王的信息来了，他说其他人都不认识，他和网友们就不来了，明天晚上再请钟之声吃饭。钟之声觉得已经告诉朋友大凡点了好多菜，他们不来，岂不没有面子？就发信息说："不行，菜已经点了，你们一定要来。"

放下手机，钟之声点燃了一支烟，用劲吸了一气，然后吐出一串大小均匀的烟圈，王金山的形象也在烟圈中恍惚：三十五岁的大小伙子，应该是壮壮的还是清瘦的？应该是帅帅的还是一般的？喜爱秦腔的人，他应该是口若悬河甚至夸夸其谈——尤其是喝了酒之后，他还会情不自禁地唱秦腔……他是不是这样呢？从他对《花旦》痴迷的程度看，他应该是一位怜香惜玉的多情"相公"。手机短信聊了这么久，竟没有涉及他喜爱秦腔哪个行当，他喜欢生呢，还是净？抑或是旦、丑？怎么也没有与他通一通电话呢？钟之声正在揣摸着这位热情网友的相貌与喜好，却见两位女士推开了半掩着的雅座房门。两个人一个年龄稍长一个十分年轻，一低一高，一瘦一胖，一黄一白，年长者温文尔雅，落落大方，颇有风韵，年轻者桃花粉面，风采奕奕，充满青春活力。大凡只当她们走错了门，就问："请问，你们找谁？"为首的年长者脸上掠过了一抹杌陧之色，显得不知所措，身后的时髦女郎说："请问哪位是钟老师？"

钟之声站起来说："我就是。你们是……"

那位端庄娴雅的少妇听了眼睛一亮，笑着说："您就是钟老师啊？我是王金山——'天使秦音'。这是'秦梦'刘倩……"

钟之声一看眼前的两位女士，顿时傻了眼。他一时竟不知道应该说什么才好。还是大凡灵活，他说："快进来坐下，等候你们多时了。"

大家相继落座后，大凡说："怎么，你们以前没有见过面？"

钟之声尴尬地笑了笑，说："没见过面，只是在网上发帖子，在手机上发短信，今天是第一次见面的……真不好意思，我还把你们当男士呢……”

## 四

一连几天，小王和小刘安排的饭局总是被其他活动冲掉。她们终于采取“强硬”措施了。钟之声早上起来打开手机一看，立即就有一条信息弹出彩屏：“钟老师，您若再不给我们一次机会我们就生气了！今天希望您辞掉一切应酬，晚上一起吃饭。”

钟之声还能说什么呢？就立即回信息：“你们太客气了，好吧。”

下午五点过一点，小王的信息就发来了：“钟老师，饭安排在德隆楼二楼花儿厅，您可要早点来啊。对了，请多带几位您的朋友。”

钟之声就约了几位文学青年来到了德隆楼。一进饭店，一排服务员就满面春风地迎了过来，问了“您好”之后，就由一位姑娘把他们带上了二楼，经过一段曲径就到了“花儿厅”。王金山和她的妹妹金铃还有小女儿娟娟已经等候多时。经过相互自我介绍，大家客气一番之后，按宾主入座。服务员斟上酒，大家相互敬酒、碰杯。只见娟娟咬着她妈妈的耳朵小声说着什么，神秘兮兮的。王金山看了一眼钟之声，对娟娟说：“像吗？你也看他像爷爷吗？”她又对钟之声笑着说：“娟娟说您像她爷爷。我也看着您像我爸，没敢说啊。”

钟之声说：“是吗？有点巧啊。”

小王从包里拿出早几天在书店买的《花旦》，请钟之声签名，钟之声摸了一下衣服，发现没有带笔，娟娟就拿出她新买的签字笔，递到了钟之声手里。钟之声说：“怎么签，签什么呢？”王金山说：“您给我写一句最有诗意的鼓励话吧，我会牢记在心的。”

钟之声说：“我的字儿丑，只怕不能尽你之意。就签个名吧？”

他郑重地写上了“金山女士雅正”几个字，又签上了自己的名字。他吹了吹签的字，忍不住笑了，说：“你的名字可是一点都不温柔，没有女性特征，充满了阳刚之气，我一直把你当成男士，差点儿弄出了笑话……”

王金山说：“我记得我给您说过。我的QQ上也有标志，网站上也有我的头像。”

钟之声说：“你一直把我称老师，并没有说过你的性别，QQ上我没有留意，至于网上的头像，那是真真假假，有人还用狗猫做自己的头像呢，不可信的。我还一直兄弟兄弟地称呼呢。好像还说过不礼貌的话是吧？如果有冒犯，还请原谅！”

王金山笑着说：“哪里啊？没关系的，我还以为您是一位爱说笑的人呢！”

签完了名，懂事的娟娟一定要把签字笔送给钟爷爷做留念。钟之声推诿不过，就收下了，同时也给娟娟赠送了礼物。

大家正说着，“秦梦”刘倩来了，几个文学青年一看，顿时眼中射出了诧异的光。大家都起身让座，“秦梦”客气一番后，落座在事先为她留出的位置上。她今天换了一身乳白色衣裤，内穿一件大红色背心，整个胸部上端和脖子都露出几乎与衣裤一样的乳白色肤肌来，脖子上、耳朵坠上、手腕上、手指上，都佩戴着各式各样的饰品。一双大眼睛分布在白嫩的鸭蛋形脸上，显得楚楚动人。经钟之声提议，她端起酒杯与大家一一碰杯，之后，嘴唇挨在酒杯边缘轻轻地呷了一点，算是喝酒。

还是张伟开朗，他说：“尊敬的‘秦梦’小姐，我们等候你多时了，像在盼望天边的星星，都想急于一睹你这位秦腔版主的风采，可你却是姗姗来迟。按照惯例，应该罚你酒的，你却端起酒杯碰了一圈儿，还剩下多半杯。不行，你得干了！”

刘倩腼腆地一笑，说：“我喝不成酒的，王姐知道。”王金山也附和说：“她确实不胜酒力……”

翰墨说："再不能喝也要把这杯酒干了。我们倒没有什么，德高望重的钟老师可是你们秦腔俱乐部的知音啊。他的《花旦》谁不称道啊？我们这些文学和秦腔爱好者欢聚一堂可是不容易啊，你看着办吧。"

王金山向刘倩投去了期待的目光，刘倩这才端起酒杯说："好吧，我喝了！"说着一仰脖子喝干了杯中酒，随后捂着嘴巴轻轻地咳嗽起来。

钟之声看她为难，就说："我们还是随意吧，不要强人所难。今天我们两拨人有缘在一起，文学与秦腔联姻，很有意义，为了热闹，我看出个节目，用顶针的办法对句子，搞文学的说作家、作品和作品中的人名字，喜欢秦腔的说秦腔剧名和剧中人、演员名，谁说不上就喝酒，实在不能喝的人就发挥特长，能唱则唱，能乐则乐，你们看这样行吗？"

大家一致拍手叫好。

上了一道主菜"羊脖子"，王金山就招呼大家吃菜："钟老师，先吃菜吧，吃好了再玩吧，不然菜凉了就不好吃了。空着肚子喝酒也容易醉。"

大家吸溜吸溜地吃起来。接着又上了几道菜，大家象征性地吃了几筷子，就嚷着出节目。

出节目是钟之声提议的，今天又是因他结缘聚集在一起的，就由他先当"官"行令。张伟担任酒保看酒。

钟之声说："大家注意了，我说出上句，紧挨着的人要在三秒钟之内对出下句，对不上的超时的都要罚酒。预备起：黑叮本二进宫——宫。"

坐在旁边的翰墨稍加思索后说："宫雪花——花。"翰墨的女朋友马芳接着说："花旦——旦。"

帅小伙杨小军一时对不上来，坐在他身边的张伟就提醒他"但丁"。

王金山就说：“不行，你们两个都得喝酒。”

钟之声也说：“就是，他们两个一个没对上，一个抢答，都违规了，罚酒！”于是两个各端起一杯酒碰了一下，喝了。

由杨小军行令，他挠了挠后脑勺，说：“我要出一个难题。预备起：托尔斯泰——泰。”

张伟笑着说：“泰森。”

刘倩伸出手摆了摆说：“错了，泰森算什么呀？”

坐在一旁的李飞说：“泰森搞拳击，既不是作家、演员，又不是文学作品和秦腔戏里的人物，违规了，喝酒。”

张伟说：“且慢。泰森怎么不是作品里的人物？你们看过《拳王泰森》这本书吗？钟老师一定看过吧？”

钟之声说：“没有看过，倒是听过这本书。张伟算是对上了。”

张伟颇为得意地说：“就是嘛。那就对不起了，刘倩小姐和李飞先生都受罚吧？”

刘倩说：“我喝不了啦，李先生喝两杯，给我代上吧？”

李飞说：“我是吾神难保呢，只怕代不了啊。”

张伟说：“喝不成酒可以唱秦腔代替，规程钟老师事先都宣布了的。唱一段秦腔，活跃活跃气氛吧。”

刘倩见推诿不过，就说：“那我就献丑了。王姐你说唱一段什么呢？”

王金山说：“就唱《断桥》吧，西湖山水还依旧。”

杨小军说：“好啊，大家来一阵掌声！”

于是，一阵掌声响起来。刘倩就唱开了：

西湖山水还依旧，憔悴难对满眼秋。
霜染丹峰寒林瘦，不堪回首忆旧游，
哦，忆旧游……

翰墨一个劲儿地鼓掌，他说："我原以为只有中老年人喜爱秦腔，没想到刘小姐这么年轻，秦腔却唱得这么地道。刘小姐是演员出身吧？"

刘倩说："这哪儿好啊？王姐才唱得好呢。我只是业余爱好，并不具备演员条件。"

张伟说："像小刘这样的情况，如果演戏应该演花旦吧？"

王金山说："其实她适合唱青衣。"

钟之声说："她的神态和唱法，就是适合演青衣。"

马芳说："你们都是秦腔内行，花旦和青衣怎么分呢？"

钟之声笑了笑说："你回去可以上中国秦腔城看看，那里讨论得热火朝天的，是我发帖子引起争论的。小王小刘看了吧？你们认为我的观点对不对？"

王金山说："我看了，还跟帖支持了您。我认为您说得有道理。从广义上讲，除了青衣、老旦、彩旦之外的其他旦角都统称为花旦，包括小旦、正小旦、武旦、闺门旦、幼旦；从狭义上讲，花旦是侧重做工的活泼的青年女性。"

李飞说："秦腔戏里的讲究真多，不了解谁分得清啊？从《花旦》中看，钟老师是做过研究的，要不然怎么那么内行？"

刘倩说："有时我也分不清。"

钟之声说："分不清咱就不要分，来，咱们继续进行节目。轮到谁了？"

张伟把小碟子里的酒摆在李飞面前说："轮到你了，李诗人。"

李飞就说："你才是名副其实的张诗人呢。有钟老师在场，我们谁敢班门弄斧？我行令了，预备起——再别康桥——桥。"

挨到王金山的妹妹金玲对了，她是重庆工学院的学生，但玩这样的游戏却有些拘束，她"嗯"了好一会儿还是对不出答案，就自认罚，喝了一杯酒。

王金山说："你应该说《乔老爷上轿》。"

金玲开始行令，她说：“我随便说一个词，预备——《三重门》——门。”

除过娟娟，应该轮到王金山应对了，她说：“卖画劈门。”

张伟哈哈一笑说：“应该是‘门’对‘门’，你却是把‘门’放在后面，没对上，我看你就不喝酒了，唱一段秦腔吧？”

王金山说：“一个人唱不了一台戏，我想邀请钟老师与我一起唱。”

李飞带头鼓掌，大家异口同声地要求他们一起唱。

钟之声说：“我又没有输，怎么是城门失火，殃及池鱼啊？”

杨小军说：“我们看了《花旦》，都觉得您的秦腔一定唱得不错。雷抒雁先生也点评说作者是一个秦腔迷呢，今天正好有幸听一听。您唱一句，我喝一杯酒，行吧？”

他这一说，张伟、翰墨、马芳、李飞、刘倩、金玲都拍手赞成，也都愿意陪酒喝。

钟之声觉得不能扫大家的兴，就说：“干脆咱与刘倩一起唱《三对面》吧？我虽然没有唱过花脸，但这戏词儿熟，都会呢。”

张伟说：“正好刘倩不喝酒，你们三人一起唱，我们喝酒。”

三个人就商定从皇姑开始唱，刘倩就唱了：

清早间你把驸马请，
却怎么不见转回宫？

钟之声就唱：

臣府下没有御驸马，
有一个犯官受法刑！

两个人一唱一对，直到包公把秦香莲唤出来。王金山就站起来，愁云万状地唱起来：

包相爷与我讲一遍，
秦香莲抬头仔细观。
大堂口落下金车辇……

小王果然音质不错，板路稳，唱得也投入。其他人也受到感染，一边摇头晃脑地品味着，一边一杯接一杯地喝着酒。到了包公和皇姑叮板时，大家不约而同地鼓起了掌声。

女：当朝驸马你敢斩？
男：龙子龙孙依律行！
女：我要传令把秦氏斩，
男：为臣在此你不能！
女：要斩要斩实要斩，
男：不能不能实不能！
女：我要和你见国太，
男：哪怕上殿见主公！
女：我把原告让与你，
男：请请请，我请公主您前行！

就这样一直乐到十一点，要不是娟娟要回家睡觉，说不定还要闹到什么时候呢。

秦腔网友的聚会竟是这样的开心。临结束，大家举起了杯子，碰出了铮铮响声。

（原载于《古峡文学》2013 年第 3 期）

·中篇纪实小说·

# 李大柱的婚事

## 我的一块心病

我一直惦记着家乡发生的一件事。这件事使我内疚而又无能为力，只有用文字把它记录下来，也许还能减轻我心中多年来的压抑，至少可以给包括自己在内的一部分乡亲一个交代，一个些许的心理平衡，或者说安慰。另一方面，也可以让家乡的父老乡亲和善良的人们从中吸取教训，学会懂法用法，以法律为武器，维护自己的合法权利，不要盲目随从。

我的家乡就是我在长篇小说《花旦》里所写的红城子。这里火姓人家居多，据考证为成吉思汗麾下大将火力虎鞑后裔，有着蒙古人的血统。也许因了这个原因，他们大多数人个头高大，脾气暴躁，豪爽侠义。这也许就是这次事件的一个不成理由的注脚。村里除了火姓人家占百分之八十多之外，还有吴、樊、白、张、祁、李等姓氏。多少年来，各个姓氏的族人之间相互尊重，互为亲戚，倒也相处得和睦。正是这种和睦，也成为这次事件的另一个不成为理由的注脚。

不知为什么，近年来家乡的事情就是多，不是因男女婚姻发生纠葛对簿公堂，就是因经济交流产生矛盾亲戚朋友反目，甚至于连谁家的牲畜啃了谁家的树，谁家的猪拱了谁家的地，谁家的地界被谁家犁地时划破了一犁，谁家的媳妇虐待了婆婆，谁家的儿女不孝敬父母……诸如此类的事情也闹得不可开交，进而大打出手。我这位村里出生的“最大的官”便成了他们倾诉的对象乃至他们心目中的说客，他们会请我为之主持公道，求我解决问题。其实我的嘴笨，不善言辞，也没有协调能力，很难应对看似简单而实为复杂的邻里纠纷。这种事情接触多了，就会烦的。牛说牛大，角说角长，本来十分简单的事情，便会变得复杂莫测。我才知道“清官难断家务事”不是虚言，而是人们千百年来总结出的至理名言。再说我也不是什么官，虽然级别是处级，但是没有什么实权，而是为文学艺术界的朋友牵线搭桥的虚职。然而在乡亲们的眼中，我却是了不起的人物，凡事总是找我咨询甚至求我调解办理。

我之所以一直惦记乃至内疚这件事，就是因为当时我没有出面做任何调解之类的有益工作。要是我动动脑子做做思想工作，或者找找有关领导，说不定事情不会闹得如此不可开交。说是没有做任何事，其实也做了一些没有实质性效果的建议和“事后诸葛亮”的说教。说是说教，其实充其量只不过是埋怨。埋怨乡亲们不谙世故，不懂法律，竟然把有理的事情做成了无理取闹乃至触犯法律的事情。要不是闹得全县甚至全省沸沸扬扬，要不是最后死了人，也许我仅仅埋怨埋怨一下乡亲们，感叹感叹人情淡薄、人心叵测也就罢了；可是待我觉察到了事情的严重性后，已经大局已定，无法挽回。所以这件事便成了我的一块心病。事情的来龙去脉，还是让我按照采访了解的情况来叙述吧。

## 李家的事情

去年八月中旬的一天，因为老家有事，我便抽空回了一趟故乡。在这里自然遇见了相当一部分乡亲们，他们都以热情而小心翼翼的神情与我打着招呼。李有仁看到了我，便走过来与我握手，当他粗糙的大手握住我的手时，我分明感觉到了微微的颤抖。他的脸上也饱含着忧伤。我知道这是因为他家遭了不幸，他的叔伯兄弟于不久前撒手人寰。他比我小几岁，是我家旧时的邻居，小时候我们常在一起放牛、玩游戏、打跤水，从来没有打过架，相处还算融洽。看到他苍老了许多的面孔，我便想起了两年前他来市区家中找我的情景。

那是在冬天，他穿着厚厚的羊毛皮大衣，大衣是草绿色料面，从油腻渗出料面和料面变色的情景看，这件大衣他也穿了有些年成了。他的皮鞋也是锥补过了的。他是与小儿子三柱一块儿来的。我们一家由村里搬迁进县城时，三柱还是一个流淌鼻涕的顽皮小孩，过了好几年，他已长成高大健壮的小伙子了。也许是他们父子从来没有到过城里人家中的缘故，生怕他们脚上的泥土沾染了我们洁净的地板，好像他们也经受不了暖气的烘烤，进入家门便很是拘束，坐也不是，站也不是，汗水不时从他们父子的脸面流了下来。看到他们父子，我自然想到鲁迅笔下的闰土，便与妻子一起很热情地招呼他们，让他们脱掉了羊毛大衣和外套，为他们递烟泡茶，端上水果请他们吃。尽管如此，他们还是坐立不安。李有仁让三柱把带来的一小捆洋芋粉条放在厨房地下，就拉着哭腔诉说他家的遭遇：

老哥嫂子啊，无事不登三宝殿。我费了好大劲才找到你们，是想请老哥出面帮我一下，我们实在是被人欺负得走投无路了……老哥嫂子你们听着，我家大柱费了好大劲，花了五万元找了一个媳妇，人家不过了，跑了。五万元打了水漂。鸡飞蛋打人财两空啊。咱们庄农人，一分钱也来得不容易啊，这是二柱三柱兄弟俩在工地上一块砖一袋水泥扛着苦把苦挣来的，是我和他妈土里刨食口挪肚攒节省的粮食卖的钱啊。挣下的钱不够，还借了亲戚的两万元，亲戚的钱也不是白借啊，是给人家付了高利贷的……咱们都是吃庄稼饭长大的，老哥嫂子你们也晓得，善财难舍啊。我家二柱和他妈找人家论理，钱一分没有讨到，还让人家纠集了一帮人打了个半死，你说这世界上还有公理吗？老哥是公家人，能说起话，你可一定一定得帮我说说话，想想办法。我们有一分奈何也不会来麻烦老哥的……我们一家人会记住老哥你的情分的……

李有仁说着说着就哭泣起来，三柱也抹起了眼泪。

面对这种情况，我能有什么良策呢？这又使我想起了几年前他大儿子大柱去当合同工的事。某建筑公司要招收一批合同工，当时在县委宣传部工作的我得知这一消息后，便想到了穷乡亲，就带话让村里的年轻人都来报名，大柱也报了名。别人都是高中或初中毕业生，只要身体素质好，就顺利被录用了，唯有大柱只有小学二年级文化程度，人家不录用。照样是李有仁的老婆张秀花找到了我，请我给县上有关负责招工的领导说说，解决解决他们家的困难。我知道他们家确实经济困难，大柱文化程度太低，要是没有工作做，将来找媳妇也成问题。就找到负责招工的扶贫办主任好说歹说，还找了主管副县长。最后总算按照特殊情况招工录用了，谁知他不知是什么原因，竟是不适应工地上的重体力活，常常逃工。在一次爬车时，不小心摔下来伤了脑袋，造成工伤，由此家长和用工方没有少动干戈，据说建筑公司赔了一些钱，具体赔了多少，我也不知道。不知是谁的主意，说是赔的钱太少，李有仁老婆张秀花就找到我，要我出面找县上扶贫办和那家建筑公司，为他们讨个说法。我虽然给扶贫办主任打了电话，要求他们妥善处理，但只是说说而已，并没有当真交涉，自然就没有达到李家人想要的结果。李有仁便和张秀花在村里扬言，说我把他家大柱介绍当了工人，如今出事了，却不替他们说话；要是他家大柱不去当工人，也不会是这样子。我听了心中自然不是滋味，就再没有管这事。他们见我不理茬，就去县上闹事，整天蹲在扶贫办主任的办公室里不走，闹着要彻底解决问题。有些人就把问题看在我身上，说是我当初推荐的大柱大脑有问题，欺骗了招工方，出了事情又给自己村里乡亲出点子撑腰鼓劲，给县上扶贫部门和领导制造麻烦。为此县委副书记还找我谈过话。我是老鼠钻进了风箱，两头受气，有苦难言。

这次的事情我还能再出面吗？

再说，我还不了解事情的真相，该如何出面呢？出了面又找谁呢？

看到一老一少两位大男人泪流满面的样子，我的心又软了。就劝他们不要伤心，相信事情总会有人主持公道的。让他们找找县上的公安机关和妇联，或者找找县上的主管领导，并犯忌提供了有关主管领导的姓名和办公地点。这算是我在这件事情上所做的工作。

## 全村人的行动

打发了李有仁和三柱，我加紧赶写第二部长篇小说，把他家的事早已放在了脑后。过了大概一个星期，突然从家乡传来了令人不安的消息，全村有三十多人被县公安机关抓进了局子里，其中不仅有李家的人，也有各门头杂八五姓的人，我们这房头就有五哥和真娃、成子两个侄子。五哥是年龄最大的。原因是他们纠结起来涌向后山的高家湾，向大柱的丈人高文举要人或者退还彩礼，事情未果后拿了人家的东西，罪名是聚众抢劫。这下着实让我吃了一惊：这罪名可是非同小可！对于别人，我只是在心里埋怨几声“真是法盲，咎由自取”也就罢了，但对于五哥，我却不能不关心。五哥是一名出色的建筑工人，他把最好的年华奉献给了宁夏一座在“一张白纸”上建设起来的新型城市，退休后虽然身体欠佳，但是仍然不辍劳作，把瓦工技术毫无保留地奉献给乡亲们拆旧换新的庄院建设之中。在我的家还没有搬进县城时，他与三哥一道关心着我们家的事情，使我在外面工作省了许多心——他是个闲不住的热心人。正是因为这种热心肠，他才做出了为人受过的事。他年龄大了，身体患过大病，蹲在号子里能吃得消吗？受审挨饿挨骂事小，那份伤脸面损尊严的事他能接受得了吗？他之所以伤脸面，是因为儿子是市报资深记者，还是作家；女儿也是教师，他的兄弟我也是有点名气的人。公安机关的人若是知道他的这些背景，不知道怎么看待他？此时此刻，他一定羞愧难当。

我打电话问了侄子保卫，保卫在电话那头显得有些兴奋，虽然不是幸灾乐祸，却也有几分侥幸。他说要不是他走亲戚不在家，也会加入到李家要人要钱的行列中去，这会儿也肯定会与他们一道蹲在县城的大堡子里面的。我问还有谁参与了这次行动，他一连说出了十多个名字。李有仁的兄弟李有义是承头人，在家的男人基本上都去了，坐了整整三辆蹦蹦车。高家湾高文举家一看来人气势汹汹，人多势大，就都逃之夭夭。红城子人一看没有了主人，钱是讨不回来，人也要不上，气也没法出，就有些扫兴。不知是谁喊了一声："走了和尚走不了庙，把他家值钱的东西带走，让他们用人来赎。"就呼啦啦一阵，牵牛的牵牛，搬电视机的搬电视机，拉粮食的拉粮食，东西满满装了三辆蹦蹦车，一帮年轻人带着胜利的喜悦，唱着《洪湖赤卫队》电影插曲"这一仗打得真漂亮"，吆五喝六地回到了村子里，把"战利品"堆放到李有仁家，把牛羊赶进李家牛圈，就各自回家去了。狗旦、腊娃和四喜几个人还在小卖部里提了几瓶啤酒，乒乒乓乓地碰着喝起来，以祝贺这次行动的成功。晚上，当他们正在梦中回味白天的行动时，却被一阵阵敲门声惊醒，随之一个个被戴上了手铐抓进了几辆警车。

## 五哥坐牢

这次回家，其实我也想看看五哥，他瘦弱的身体经历了牢狱之灾，生气加后怕，现在怎么样了呢？没想到他见了我仍是笑呵呵的样子，拉着我的手问长问短，十分关切，就像压根儿没有发生什么事一样。他硬是把我拉到他家喝茶。我们自然谈到了有关李家的事，我才比较详尽地知道了这次事件的来龙去脉和他坐牢的细枝末节。比起别人蹲了号子罚了款摇头晃脑、唉声叹气的后悔样子，五哥显然开朗多了。他到底是在外面闯过世面的人，面对审讯他的公安机关的人，他不但不怯懦，而是据理力争：

“你这样大的年纪，不在家享受清闲，为何参与聚众抢劫？”

“常言说，路见不平，拔刀相助。他们高家把人家李家的五万元骗去了，人又跑了，人家找他们论理，他们又把人家母子打成那样。我们作为邻居，不挺身而出能袖手旁观吗？”

“你既然有如此的侠义心肠，为何不向当地政府反映，为何不向当地公安机关报案？”

“谁说没有反映？谁说没有报案？你们查一查，问一问，看反映了多少回，报了多少次案？就是没有人管啊。要是有人管，我们也不会自发起来的。我们也是事出无奈啊！”

“不管怎么说，你们这是聚众抢劫，触犯了国家法律。”

“当时大伙儿去的时间也没有想到要拿他家的东西，只是向高家要人，人是人家李家娶的媳妇。人不去了总得把钱退还吧？结果高家人躲得无影无踪，既不给人，又不还钱，我们的一帮年轻人就动了手……”

“是谁带头抢人家东西的？”

“当时乱麻麻的，我也不知道是谁带头的。”

“那你拿人家东西了没有？”

“没有。就这样闲跟着去我都后悔莫及，还能拿人家的东西？”

“国家法律明确规定，个人私有财产属于保护范围，侵犯私有财产就是抢劫犯罪。”

“那人家李家的钱也是私有财产，也应当受法律保护啊，把人家的钱骗走咋就不犯法呢？”

“那是两回事，各有各渠道……没看出你这老汉还这么麻达？要不是看你年纪大了，也看在你兄弟和儿子的面上，你这样态度可是要吃大亏的。”

五哥说，经那个审讯他的人这么一说，他才感觉到他对他的态度还算温和。他说：“有些小伙子因为嘴硬都招致了挨打，他对我却连大声呵斥也没有。原来是你们的面子。怪道他在开始询问我姓名的时候，他的目光在我的脸上停留了相当一阵工夫，呵呵……”五哥说着说着，发出了会心的笑声。

我不知道审讯五哥的干警是谁，但他肯定知道我和侄子的名字。五哥的名字与我的名字只是一字之差，审讯者可能联想到了我们的关系，所以还是表示了客气。五哥很快被释放了，并且没有被罚款，结论是“以批评教育为主”。这是不是与我和侄子有关呢？抑或是他偏大的年纪加上据理力争的阐述让审讯者产生了一系列联想的结果？

说起这件事，五哥在激动之余，就伤感起来。他点燃了一支烟，吸了一气，弹弹烟灰感慨地说：“看来，这人啊得有文化知识。要是李家这三个柱子都是大学生或者高中生，可能就发生不了这么一连串的事情。就说这二柱吧，人家公安机关的人问他，高家人打你了没有，他说没有。明明挨了打还装硬汉子？人家问高家人是怎样打你妈妈的，他说他没有看见。你说你说，人老实成啥样子了？”

当我带着责怪的口气说他不应该参与这起事件时，五哥叹了一口气说：“我当时也想着不能这么兴师动众地闹，可是想着邻居家发生了这么大的事，不从行动上表示表示心里过意不去，咱们村历来是一家有难，全村帮忙。当时只是想着让高家人看看，我们红城子人心齐哩，吓唬吓唬他们，请他们把钱退还给人家，再出点钱把打伤的人拉到医院看看，也没有想到事情会闹成这个样子。唉，真是丢人啊！”

当然，五哥最感慨的还是李有义为此付出了生命代价。

## 张秀花挨打与李有义之死

李有义就是李有仁的叔伯兄弟，原来担任过村主任。他年龄比我小几岁，我们关系还算亲密。他也是对我很敬重的一个人，原先我每年回家过年，他总是要请我吃饭喝酒。几年不见，他却不辞而别。他才多大？满打满算才五十三岁，这在乡村正处丁当年华，当了好多年村干部的他一向性格开朗，身体健康，怎么会说没有就没有了？人们都说他是因为堂哥家的事吃了亏，受了惊，轮番的受审再加上挨打受气，气窝在心里，导致他过早离开了人世。我听了为他惋惜，心中涌出淡淡的忧伤来。

事情是这样的。李有仁的大儿子大柱娶的媳妇在新婚后的第八天早上独自回了娘家，一去便再也没有回来。这可急坏了李家的人，尤其是大柱母亲张秀花。她找了媒人调解，媒人反馈了高家的意见，说是女儿是从他李家走失的，他们还要李家负责，向李家要人。李有仁两口子一听，明明是高家使了双簧计，人财两空，却还要猪八戒倒打一耙向他们赖着要人。她一气之下，就带了二柱三柱两个儿子去高家湾高文举家论理。原来是一对亲家，却成了仇家。张秀花自然不肯善罢甘休，就与两个儿子干脆住到高家要人要钱，又哭又闹。高家人骂她，她也对骂。高家人不给饭吃，她便亲自上锅台做，好油好肉鸡蛋白米白面尽着吃，两个人高马大的儿子也放开肚皮吃喝，吃喝拉撒后也不收拾，几天工夫便把个高家搞得乌烟瘴气。高家人自然不能容忍，就找乡村亲戚邻居，要把李家母子三人轰出家门，三说两拉、推推搡搡，便动手动脚打闹起来。挨了打的二柱三柱一看寡不敌众，便好汉不吃眼前亏，抛下了母亲一跑了之。可怜张秀花一个妇道人家，被一帮娃娃妇女“吃了乱饭”，这个踢一脚，那个拧一把，这个拔头发，那个扯衣服，直到村干部赶来喝开众人，张秀花才保住了一条性命。当李有仁求人把老伴接回家时，她已经被折磨得遍体鳞伤，气息奄奄。李有仁找到高家湾村干部接老婆时，有人就放出了最能伤人自尊的语言：你们红城子就没有一个咬狼的狗。李有仁就带着哭腔挨家挨户地诉说不幸，并不失时机地转达了高家湾人对红城子全村人的侮辱。这还了得？我们红城子门户不小，我们也是有尊严的，岂能容你高家湾人辱骂！于是乎，李有义便被推举为领头人，全村一户一个男人，拉了三辆蹦蹦车，一同涌向山后的高家湾。

李有义自然被公安机关当作聚众抢劫的主要嫌疑人抓捕。据说，他也像五哥那样叫屈，据理力争，可他却没有五哥那样幸运。也许是他年轻，又是“主犯”，也许是他没有五哥那样的兄弟和儿子，也许是还有其他原因，总之他经受了只有他自己才能体会的折腾。别人都被审讯后做了笔录，或多或少地交了罚款释放了，只有他一个人反反复复地“三进山城”，也被罚了数千元的款。当过村干部、性情高傲的他，是如何低头认罪的？这个过程是怎样进行的？人们无从知晓，因为他没有向任何人说起这些。他交了罚款被释放回家后，好像变了个人似的，整天沉默寡言，一支接一支地抽着烟。人们发现他的嘴唇上有疮疤，问及，他说是在号子里吸烟时不小心烟头烫了的。谁知这看似并不起眼的烫伤，却发生了癌变，导致了他的生命终结。他在治病期间，当人们说起这起梦魇般的事件时，他好像并没有过多地抱怨公安机关，也对高家没有说狠毒的语言，而多次流露的一句话就是

“都怪咱们自己人窝囊”。自己人指谁呢？是他哥李有仁？是大柱兄弟三人？还是他自己？

## 李大柱的婚姻

大柱是李有仁的大儿子。他与他的名字一样健壮结实，身高足有一米八五，体重至少也有八十五公斤，虽然皮肤有点黑，但模样还算端正。按说他找个对象不会成问题，可是命运偏偏不朝着他微笑，而是对他扳起了面孔。他在“四大火炉”之一的武汉打工时，因没有文化，也不适应那里燠热的天气，就想离开回家。他在离开劳动工地后，被公司保安追打，他在慌乱中从一辆车上摔下来造成重伤，大脑也受到了影响。尽管那家建筑公司和县扶贫部门给予了全力医治，也发了生活补贴，但是他还是留下了后遗症，有时会头晕。其实这没有什么，他算是不幸中的万幸，他的身体基本上恢复了，没有什么大问题的。然而，有关他智商的传言还是不胫而走，这便给他带来了麻烦。最关键的是找媳妇的问题。因为大柱人诚实，父母亲也是老实巴交的农民，一对兄弟也都吃苦能干，家境也是村里数得上的，所以乡亲们也都积极为他四处物色对象。在他度过三十岁的生日后，他的舅舅终于为他找了一个对象。女方就是后山里高家湾的女孩，她有一个很有诗意的名字高雅楠。她人长得水灵，还是念过书的初中毕业生，据说近年来在外地打工。她之所以要嫁给大柱，是因为她要摆脱山里山大沟深、自然条件差的环境，她看中了红城子川道水浇地的条件和性格随和、为人诚实的李大柱。经媒人介绍，双方家长说定了五万元的彩礼。亲事定了，李家人生怕夜长梦多，就没有到乡政府登记，而是按照乡村男婚女嫁的传统举办了还算隆重的婚礼，村人都来吃筵席，祝贺大柱迟到的喜事。待闹过公婆，闹过新房，耍过新媳妇，暖过床之后，亲戚村人就都离开回家，新房中只留下大柱和雅楠两个人。因为大柱没有读过爱情书，人老实，不会浪漫，脑子也受过刺激，父母亲便对于儿子能不能温存好这个新潮的媳妇心存担忧，做母亲的张秀花就蹑手蹑脚地听窗根。她急切地希望大柱尽快行动起来，完成他的洞房任务，结束他的三十岁的处子之身。可是她等了足有一个时辰，新房中还是没有传出她想要听到的动静，倒是听到儿媳妇高雅楠一再催促大柱入睡的喝令声。由于冬夜天冷，张秀花便怀着失望进屋睡觉去了。

第二天天刚亮，院中便传来了新媳妇高雅楠的声音："天哪，我的摩托车哪里去了？"

大柱的父亲李有仁第一个被惊醒，他连忙拉醒了还在做梦的妻子张秀花。两口子连忙穿衣出门观看。是啊，儿媳妇娘家陪嫁的一辆摩托车昨晚是摆放在房门靠窗户跟前的台子上的，还上锁了，怎么会不翼而飞呢？老李想着是不是两个小儿子看到摩托车好奇，偷偷拉出去学骑车去了？他跑到两个小儿子的房门叫醒他们，二柱和三柱兄弟双双还在熟睡。那么摩托车哪里去了？

高雅楠提醒说："可能是大门没有上锁，半夜进来贼偷走了。"

李有仁也没有多想，贼偷了也没有办法。买得起马就能买得起鞍。反正五万元的大钱已经出了，新媳妇也睡到儿子的炕头上了。为了讨得新媳妇的欢心，就再买了一辆。第三天，当新媳妇用新买的摩托车带着大柱"回门"（回娘家）归来时，老李两口子脸上露出了欣慰的笑意。

张秀花还是不放心，晚上仍然听窗根，新房中的对话隐约传进她的耳朵，总是让她心神不安。

"你咋不脱衣裳？"

"我害羞，不敢脱。"

"我又不是外人，是你男人，羞啥？"

"你不要性急，过几天咱们熟悉了，我不害羞了就脱。快睡吧，你还愣着做啥?”

“我睡不着，想要那个那个……”

“不行，你那么高大，我害怕……”

“我又不吃人，害怕啥?”

“我不是说了吗，等过些天咱家熟悉了我就给你……”

“唉，还要再等几天?难受得很……”

“睡着就不难受了，睡吧。”

大柱就叹口气睡下了，再听不到任何动静。

张秀花就有些沉不住气。第二天她找到了娘家侄子张奋强，如此这般地给侄子面授机宜，让他教唆表弟如何动真格的。说他们已经是明媒正娶的夫妻，就是强奸了她也没有什么不好。只要让她怀了孩子，一家人就放心了。

张奋强便给表弟大柱教他如何在晚上动手动脚，实施行动。他恨不得自己亲自进入房间，完成姑妈交给的任务。

大柱对表兄的话言听计从，晚上睡觉时就笨拙地抱着高雅楠把她压在身底，撕扯她的衣服。这高雅楠也不是省油的灯。她意识到了事情将要发生，便换了一副嘴脸，笑眯眯地对大柱说：“你猴急什么呀?人家身子不空，经水来了，咋弄啊?我已经是你的人了，还急啥啊，等经期过了吧。”

大柱信以为真，便像泄了气的皮球一样直挺挺地躺倒睡了。

又过了两天两夜。就是在他们新婚的第八天早上。高雅楠说是她还有许多常用的东西放在娘家，她要回去把它们带回来用。大柱说要陪同她一起去，可是高雅楠却嗔怪起来，说就这半截牙长的路，我骑摩托车一会儿就到了，很快就回来。她说着便在他的额头戳了一指头，并且特意用染了红指甲的纤手在他的脸上、耳朵上抚摸了一下。大柱第一次体会了女性的温柔，有点飘飘然的感觉，憨憨地笑了。

高雅楠回娘家后，一连几天没回来。这下子李家人着急了。

李大柱跑到高家寻找，结果被岳父岳母和妻弟狠狠责怪了一顿。他们怪他不惜疼媳妇，肯定是闹了别扭她一气之下离家出走了。他们向他要人，限三天找回女儿，如果找不回来，他们就找上门来摔命。大柱被惊吓得连忙跑回了家。

## 高家湾·高雅楠

顺着红城子通往高家湾的沥青路面，车子行进大约二十分钟便拐进山里，沿着山间土路走大约半个小时才能到达高家湾。为防不测，我事先到王民乡给党委书记和乡长做了汇报，我一再说明，此行别无他意，只是想了解了解情况，写一篇法制文学。党委书记与我认识，就派了车子，让司法助理员麻炳福陪同前往。

高家湾坐西朝东躺在大山深处，土兮兮的庄院一座挨一座，使整个村子显得拥挤而零乱，偶尔有一座红砖墙红瓦顶显露出来，有点鹤立鸡群的样子。高文举家便是这“鸡群”中的“鹤”。村子面前不远处有一条很深的沟，沟渠里流淌着昏黄的溪水，把村子与对面的山梁一分为二，山梁被推修成一层一层的梯田，种了庄稼和树木。正值深秋，夏粮收割后，土地都犁了，赭黄的土地与翠绿的洋芋、高粱黄绿相间，形成了山区特有的风景。山上的草木还算茂盛，看得出近年来封山禁牧育林的效果。我们乘坐的车子无法再进入村子深处，就只好停放在村头的一方打麦场上。

李家与高家的婚姻纠葛是众人皆知的。乡上的干部大多数人都来过高家，所以老麻和司机小马很熟悉路径。一路上，我也试图从老麻和小马口中了解一些情况，可是他们却是守口如瓶，老麻只是礼貌地说：“您到村里了解一下，再采访采访县上的公安部门就知道了。”

老麻提醒说：“他们也很泼烦，你采访说话得注意方式。”

不过，老麻无意中透露了一个情况：高家有亲戚在县上的一个比较重要的机关工作。

到了高文举家，主人不在，只有他的老婆一个人在家。老麻说她叫赵月梅。老麻就叫司机小马去找高文举，我就下意识地打量起高家的环境来了。高文举家坐落在村子中间偏南，新修的铁皮大门被油漆成天蓝色，院里靠北边也修了一排新瓦房，房子前面是砖头砌的墙，贴了瓷砖，院子南边还堆放着一堆盖房子用剩的泥土。看得出，这房子是新近修建的，这与周围大多数土墙瓦房形成了明显的反差。进了屋子，抬头一看，屋顶是一律红漆漆的松木檩子松木椽子，雨席搭的顶子。屋子里除了一组沙发，还有电视机、大衣柜等家具。女主人赵月梅将近五十岁的样子，收拾得很是干练，是属于农村那种干练麻利的女人。提起她家与李家的儿女婚事，赵月梅便神情激动起来：

“他啊？他李家出事活该。他家的儿子又丑又瓜，就是一堆牛粪，还想折我家的一朵鲜花？我女儿如今是生不见人，死不见尸，他们还向我们要人呢？人是从他们家出走的，我们还要向他们要人呢……就说那些彩礼吧，那才多少钱？咱们又不是城里人，女方给男方倒贴。咱们乡下都是这个礼，五万元算是中等偏低的，人家还有要七万八万的，还有成十万元的。我家的一个黄花闺女到他家变成了女人，我们向谁讨公道去？我女儿生死不明，难道说一个大活人还值不了五万块钱？就说李家那个婆娘，连一点女人样样都没有，带着她的两个土匪儿子，在我家吃喝拉撒的，屙屎尿尿都不避人，像个泼妇一样，你说我们能受得了吗？你们是公家人，你们说一个公道，这事给谁谁不着气？”

正说着话，主人高文举由小马带着从外面进来了。后面跟着一个后生，可能是他的儿子高雅明吧。老高长得精瘦，一双眼睛透着精明。他的儿子高雅明一头短发，穿着讲究，显得有些帅气，不像是农村青年，倒像是在家休假的大学生。

老高一进门就先发制人，他说：“听说这位干部是红城子人，你可不能偏听偏信，向着你们村的人说话，用偏刃子斧头剁啊？”

我笑着与他握了手，也给他递上了烟，打火点燃，吸了一口，说：“这你放心。我是有组织领导的人，是会讲究职业道德的。你们有什么话尽管说吧。”

为了缓和气氛，我有意把话岔开：“旧戏里有个状元叫高文举，你这名字好啊。”

高文举说：“好啥啊，这几年尽出瞎瞎事。女儿的事情闹得心烦意乱，儿子的婚事也让人头疼……”

我说：“你儿子不是在校生啊？他的婚事怎么了？”

也许是女人不愿意让我这外人知道儿子的事，就打断了丈夫的话：“你说这些事做啥？那是两回事，人家又不了解这事。你还是说女儿的事吧。”

老高又说：“我还是那个意见，你要是说公道话，我就给你瓦沟里倒核桃——乒零乓郎倒个干净；要是你偏向你们红城子的人，替他们写状子，我就没有工夫陪你，你就鸡蛋走路吧……”

这时那个高雅明便向前一步跨到我的面前，瞪圆了眼睛说：“你要是替李家说话，我就不客气……我可不是什么在校生，我有一帮哥们，个个讲义气。你们红城子那么一帮人，还不是让我们搞得像丧家狗一样狼狈。你们红城子就没有一个咬狼的狗！”

呵，还是李有仁传达的那句话。这真是欺人太甚。我心中的气就涌了上来，但是我意识到是“秀才遇上了兵”，与他争执没有什么意思，反而会影响我的采访计划，就侧目看了看老高夫妇，也看了看老麻和小马，希望他们能够制止这个愣头青再说狂言。

老高夫妇对视了一眼，脸上露出了难以琢磨的神色。不知他们是在责怪儿子的不礼貌呢，还是欣赏儿子的胆识呢，总之他们没有做出任何表示。倒是司机小马有些看不惯了，就厉声说：

“你这小伙子怎么这么说话？人家是上面派来调查了解情况的，又不是李家打发来算后账的，你对人家发什么争？”

老麻也接上话茬儿说了那小伙子几句，就把他叫出了屋子。

老高见乡上的两个人都替我说话，就回头说：“我这儿子是从小娇生惯养的，脾气犟，你可要大人不见小人怪。”他说完就边吸烟，边说起女儿的事来了：

“要说我们也是上当受骗者。他们李家的亲戚说李家有多么多么富，李家儿子有多么多么攒劲，我们就信以为真，把女儿嫁给他们。我女儿是念过书的，初中都毕业了，人也长得有头有脸的。你看，那就是我女儿的照片。”

老高示意妻子把女儿高雅楠的照片从相框中取了下来，交给了我。我一看，她真的很漂亮，戴着一顶太阳帽子，穿着我叫不上名字的红白相间的上衣，下身穿着打了褶皱的牛仔裤，脚穿白色旅游鞋，依靠着一块石景歪着身子站着，石头上镌刻着“忘归石”三个红色书法。石景是立在一个绿草坪上的，草坪上点缀着不知名的小花。她嘴里咬着一枝小花，显得活泼时尚。赵月梅说是女儿在珠海打工时照的。我想，要不是亲临她的家乡，我根本不会把她与这穷乡僻壤联系在一起。我也想，李大柱当初选择她，也许本身就是一个错误。

老高见我陷入了沉思，就接上了儿子的话茬儿：

“你也是红城子人，我说了你不要见怪。你们红城子人真是无法无天，青天白日结伙抢劫，豁楞大阵一帮人，气势汹汹的，像吃大户的一样。把我家的东西抢了个一干二净，听说还有国家干部承头哩。如今是共产党的天下，人民群众当家做主哩，又不是国民党时期，土匪棒客逞强哩。看他们能抢便宜吗？公安上把他们一个个抓进局子里，一天三番五次地拷问，还罚了款，我们才刨了胸膛——开心哩。这真是人一亏、天一补哩。”

我又询问了一些有关事情，看看时间不早，我想在村子里再转悠一下，看能不能再从其他人口中了解一些不同情况，就与老高夫妇告别。在走向打麦场的途中，遇到了几个老年人，当我试图询问的时候，他们却像遇见了瘟神一样，头摇得像拨浪鼓一样连忙避开。只有在打麦场边上即将上车的时候，有位老妈妈说出了一句耐人寻味的话，她说："人啊，不能瞎了良心。一个女孩子能卖几个主啊?"

## 不了了之的结局

六年过去了，这件轰动一时的案件慢慢淡出了人们的视野。不过红城子人提起此事却由不得唉声叹气。

李有义去世后，李家人大有树倒猢狲散的架势。村里其他杂八五姓的人也因为李家的事坐牢受罚，事后便觉得得不偿失，也就叹一声气，咬咬牙，说一声"呃，那些罚款全当打了水漂，全当交了学费"，也就各自忙碌自己的日子去了，打工的打工，种地的种地，做生意的做生意，照样把日头从东山背到西山。

李有仁交的"学费"当然比别人多得多。除了那五万元通过媒人交给高家的彩礼买了一个仅仅七天的新媳妇外，还搭贴了三千多元买了一辆摩托车。再加上将近一万元的罚款（有些人的罚款没有钱交，他理所当然地得垫付）和找人的花费，至少损失了八万元。钱丢了，影响搞大了，不好的名声也传出去了。为此，他家的三根柱子至今还是三根柱子，没有迹象表明有女孩子向其中的一个或两个暗送秋波。这其实并不影响李家人的生活。大柱在家帮父母务农、种菜，牛羊猪鸡也养了不少。二柱三柱常年在外打工，由于他们身板结实，人又诚实能干，不论到哪个工地干活，总是赢得赏识，俩兄弟每年的钱不少挣，家庭年收入少说也要七八万元。几年时间，便拆除旧庄院，盖起了水泥预制板平房。李有仁和张秀花的脸上也有了笑意。

高家呢？得知红城子好多人都坐了牢，受了罚，而自家收李家的五万元彩礼再也没有人当回事追究，也就心安理得坐享其成，有种幸灾乐祸的惬意。可是乐极生悲，高文举娇生惯养的那个大学生模样的儿子高雅明，却同样因为婚姻问题纠结一帮哥们与对方刀棍相见，结果双方互有伤亡，有人被枪毙偿了命，有人坐了牢。高雅明被对方当场打死。高家那幢阔气的新房子就显得分外冷清。

高雅楠呢？还是没有露面，用赵月梅的话说是“生不见人，死不见尸”。不过有人透露她在深圳，她在照片上抱着一个很漂亮的小孩子，旁边有个同样很时髦的高个长发青年贴着她的身子站着，说明她已经结婚生子了。不知这次婚姻她领了结婚证没有？反正与李大柱是没办理结婚登记手续的。

（原载于《映山红》2012年第4期，原题为《乡村轶事》）

# 叼来的媳妇

我的奶奶是叼来的。这是事实。

我的妻奶奶也是叼来的。这是奶奶说的。

我的媳妇也是叼来的。别人都这么说。

有趣的是，我的妻奶奶是我奶奶的娘家弟媳妇。这里面就有了许多故事。

这里有必要解释一下这个“叼”。我们那里把“抢”“夺”叫“叼”。如果看了内蒙古草原上那达慕大会的“叼羊”，也就不难理解这个“叼”。骠勇的骑手在马背上你争我抢，一只活羊被叼来抢去，最后成了死羊，最后碎尸万段。那是多么惨烈的场面！然而，人们总是在惊心动魄中寻找乐趣，一年一茬地举办这种“叼”的活动。

活生生的人被这样叼来叼去，那可不敢想象。我也算是知书达礼的文弱小伙，平时也怜香惜玉，也没有那达慕大会叼羊的机会和氛围，自然不会像叼羊那样把人家如花似玉的黄花闺女“叼”为己有的。朋友和乡邻之所以说我媳妇是“叼”来的，这其中蕴含着一个大大的“难”字，也就是人们常说的“好事多磨”。

## 雪灾中的邂逅

我与我媳妇的初次认识，也算是有点传奇色彩。那是在2007年的冬天，那场旷古稀有的大雪，使江南一带银装素裹，形成了有别于塞北的“南国风光”。这场雪灾不亚于海滨的台风，使农作物大面积受灾，甚至使高压电缆断折，工厂停产，交通阻塞，旅客滞留。就在拥挤的广州火车站候车室，我与她不期而遇。因为我是早两天就滞留在这里的，因此还占有一席座位。可是这座位也不是好坐的，周围满地都是人，人挤人，声叠声，行李摞行李，别说自由活动，就是伸伸懒腰都要费点事。空间的气味就别提有多难闻了。因为已经待了两天两夜了，屁股上好像生了茧子，于麻木中显出隐隐之痛，我才真正体会到什么叫作坐卧不宁。当然了，一个大活人，要吃喝拉撒，内急总得解决吧？因为我是单独一个人，担心一旦离开就有人抢占座位。到了这个份上，谁还讲究礼让？能抢得上座位就抢占，宽松一时算一时。抢占座位倒是小事，万一有谁偷梁换柱将行李调了包，那可就麻烦了。因了这，我在先一天就留意旁边的人，为自己物色一个旅伴。我留意的是单客，最好是女性或者年龄大一些的，这些人大都可靠。留意来留意去，总算留意到了一个女孩子。其实不是我留意到她的，而是她的声音吸引了我，要不然在隔了好多层人的空间我是不会轻易留意到她的。正在我留意物色旅途搭档时，只听得左前方有人接电话：“还没有通车的消息……我好着哩，没麻达，请家里人放心……”尽管候车室内人声嘈杂，但在满是南腔北调的语言氛围中，她浓重的乡音还是吸引了我——没麻达就是没问题，只有我们那里人才说这话的。这是地道的家乡话。在这种特殊情况下能遇到老乡，真是亲切。我努力循声望去，只见她是席地而坐在行李包上的，穿一件红色外套，头发拢在脑后扎着马尾小辫，脖子上还围着一圈儿湖蓝色丝巾。也许是焦急困惑加没有休息好的原因吧，看上去她的脸色有些憔悴。她还在接电话，我如遇到了知音，就起身挤过人群，直向她挤去。我顾不了许多，开口就问：“你也是固原老乡吧？好像还是西吉的。”

我说的也是家乡方言，她一听也睁大了诧异的眼睛，没有回答我的话，而是反问道："你是谁？你在哪达？"

我说出了家乡西吉，并出示了身份证，把王子亮的名字显现在她的面前。

她认真地看了看我的身份证，又抬头不好意思地看了看我，脸上露出了由衷的喜色。她没有说什么，而是点了点头。

我们就这样认识了。

我把她的行李搬起来，照样很艰难地挤过人群，挤到了我的座位上，她坐着，我站着。

查看了车票，我们竟是同一次车，广州开往银川的。只是她在八车厢，我在五车厢，相隔不远的。

一男一女伴行的感觉真好。我的孤独感压抑感顿时消失殆尽。

感觉到彼此都有好感。

她叫田静静，家在苟家塬，她家与我家相隔差不多五十公里。

按照事物发展的规律，我和她的亲密关系似乎顺理成章水到渠成，可是却经历了一波三折。主要原因是双方家人不同意。确切地说是我奶奶和她奶奶不同意，再确切一点儿说，主要是我奶奶态度坚决，执得很硬：你跟谁处对象都没麻达，我都支持，就是不能跟田家的人结亲！

田家人怎么了？

## 田家人

回到家的第三天，我就迫不及待地提出要去田静静家。我给母亲说我谈了一个对象，要去她家里看看人家父母和爷爷奶奶。这消息着实给了母亲一个大大的惊喜。我是长子，今年都二十六了，平时一旦给家里打电话，每次电话中母亲总是絮絮叨叨催我尽快找对象，她还等着抱孙子哩。她还以爷爷奶奶来要挟我，说是爷爷奶奶年龄大了，有今天没明天的，说不定哪一天就百年了，他们百年后要是有个重孙子，重孙子头上可以戴缀红的孝帽，他们老两口的坟堆上就能插上三辈人的哭丧棒——哭丧棒越多，在阴世间就越有地位，小鬼就不敢欺负，过奈何桥就容易。听听，说得多悲壮？

当我主动说要去对象家，她自然乐得有些癫狂，要过了小田的照片，仔细端详了片刻，说了句"这丫头真体面"的话，就拿着照片连忙跑到奶奶房里，把照片伸到奶奶面前，又对着奶奶的耳朵如此这般地说出了我有对象的喜讯。奶奶自然高兴，她用手指头轻轻地点了一下我的额头，自言自语地说："好小子，总算三年等了个闰腊月。"接着便从兜肚里摸出钥匙，颤巍巍地开开她的小木箱，取出了一对银镯了，撩起戴在胸前的擦脸手帕，把那镯子擦了又擦，然后交给母亲，说："这是我出嫁时你外奶奶送给我的陪嫁品，我连你进门的时候都没舍得给，如今我是黄土壅到脖子上的人了，有今日没明日的，留着做啥哩，就送给孙子媳妇吧。"

家人高兴，我当然更高兴。我和静静一路结伴走回来，离开仅仅才三天，就好像分别了几年，这就是古人所说的一日三秋吧？我接过了奶奶的一对银镯子，用母亲递给的一块花布包了，揣进衣袋，骑了摩托车，就突地一声驶上了公路。经过县城时，买了两瓶"金六福"酒，称了几斤糖果和茶叶，给静静发了一条信息就又上路了。

苟家塬在县城西边，比起我们王家大庄来有点偏僻。摩托车七扭八拐进行了好一段时间才到达。静静已经在门口等候，脸面红扑扑的，显然她也等候多时了。她一见到我，脸上露出了淡淡的羞涩，嗔怪地说："天冷哩，骑车子冻哩，你咋不坐班车？"

我说坐班车不方便，还要转车，骑摩托车快捷、方便。

进了院子，便有人从房门里迎了出来。他是静静的父亲，我看过静静的"全家福"照片，一眼就认了出来。他比我父亲大三岁，所以显得比我父亲苍老一些。我连忙立好摩托车，问了声“姨父好”，就从摩托车上取下了酒和糖果、茶叶等，随他们父女走向北边的上房。院子很大，比我家的院子大多了，当中用红砖砌着一个小花园，花园里栽着几棵树，几棵果树都落叶了，唯有两棵柏树展示着墨绿的叶子，显得很有精神。西边靠山是一排窑洞，窑洞门一律用青砖砌着，显得古朴，北边是一排新盖的瓦房，墙面用瓷板贴着，宽敞明亮的玻璃窗户下面，很对称地镶嵌着两块印有艺术字体的瓷板，一边为“勤俭持家”，另一边为“连年有余”，显得洁净而新潮，与四周的黄土氛围形成了明显的反差。进了屋子，立即就有一股热气扑来。烤箱把整个屋子烘得暖烘烘的，烤箱上面的铝壶冒着热气，气浪冲得壶盖子铮铮作响。

这也算是相亲吧。虽然不是正式请媒提亲，但也不能太随便，看来静静家是有所准备的。不大一会儿便有人从房门里进来，有静静的三叔三婶，有静静的姐姐姐夫、姨父姨姨，不是亲属就是亲戚。近年来我在外面也算是走南闯北，经过世面，可是在这种场合遇到陌生人，我还是表现出了相当的不自在。我只有以未来女婿的身份，用不时为来人递烟添茶来献殷勤了。不一会儿，饭菜上来了，菜是一道一道上的，先上了八个小碟，是胡萝卜、猪肝、菠菜、白菜、鸡胗、皮蛋、花生米和红枣，黄紫绿红，花花绿绿，搭配十分得体。这是下酒小菜。自然酒是要喝的。这时静静和她的姐姐就搀扶着她们的爷爷奶奶进屋了，老爷爷躬着腰，行动有些迟缓，老奶奶却显得有精神。我连忙放下手中将要开启的瓶酒，伸手搀扶着两位老人上了炕。待大家主动按照辈分坐定后，静静的父亲（也就是我的姨父）努嘴示意我斟酒。我连忙打开了带来的“金六福”，给每个人面前的酒盅斟了酒，双手刚刚端起酒杯要给爷爷奶奶敬酒时，姨父却摆手制止了。他指了指地下的供桌，说道：“娃娃，给桌子前头奠一盅。”

哦，我明白了，这才发现供桌上的香炉里点燃着香。在这种场合，要优先敬奉祖先。我家有这类事情也是这样的，我今天怎么就忘记了呢？我连忙端起酒杯，小心翼翼跪在供桌前，郑重其事地奠了酒，又点燃了一支香，照样小心翼翼地插进香炉，这才如释重负地端起酒杯一一给在座的人都敬了酒。酒过三巡，大家的话就多了起来。奶奶就问话了："娃娃家在哪里？姓啥？"

我欠了欠身子，毕恭毕敬地回答："回奶奶的话，我家在县城南面的王家大庄，我姓王，名叫王子亮，小名亮亮。"

奶奶听了，就把低下的头努力抬了起来，揉了揉有点浑浊的眼睛，问我："王家大庄有个叫王啥全——哦，王金全的人是你的啥人？"

"他是我爷爷。"我说得很干脆。没想到她还知道我爷爷，我心中一阵高兴，这真的有缘啊？就说："奶奶您还知道我爷爷？"

老奶奶好像愣了片刻，然后摇了摇头，什么也没有说。

老爷爷接过话头问："王金全是你的亲爷爷，还是堂爷爷？"

我连忙回答说："爷爷，是亲爷爷……"

老爷爷进而问道："那你奶奶就是康秀芳了？"

"是的爷爷。我奶奶娘家在康家坪，离我们那里不太远……"

我这一回答，爷爷奶奶都不作声了。姨父也睁大了眼睛，把我看了好大一会儿，他好像在我脸上寻找爷爷奶奶的影子，看得我有些不自在。

也许看到场面有些冷清，静静的姐夫便端起酒瓶看起酒来。大家都有一下没一下地抿着酒，也漫不经心地夹着菜。有关我爷爷和奶奶的话题再也没有提起。

饭菜很是丰盛，有鸡有鱼，还有红烧肘子和小炒，加上鸡蛋豆腐西芹等，足足上了十三个菜，谓之"十三花"——只有招待贵重客人，才会做这"十三花"的，看来，他们还很看重我的。不过，奶奶说喝了酒头晕，就提前下炕出去了，没有吃。爷爷也只撕扯着吃了点鸡皮，夹了几块豆腐，用汤匙舀着喝了几口汤，就说不想吃了，坐在炕脚吸烟，显得心事重重的。姨父也不如我刚进家时那样热情，只是低着头一个劲儿地吃饭喝酒，只有三叔和几个亲戚吃得满嘴流油。静静的母亲中途进来过一次，很是热情地劝我好好吃喝，不要见外，还端详了我好一会儿，脸上溢着笑又忙呼锅台上的事去了。静静呢？她与姐姐来往于厨房与上房之间，从她轻盈的步子和满脸溢光的神情，可以看出她内心的喜悦。

## 王子亮的“二百五”

田家老辈人的态度变化，使我感到丈二和尚摸不着头脑，这究竟是怎么回事？觉得这样再待下去也是无趣。时间不早了，我便起身告别。姨父把我送出房门就给他兄弟（三叔）安顿说：“你把亮娃送出门吧。”就返回了屋子。

是静静的三叔和几位亲戚一直把我送出大门，他们还说要我有空到他们家来玩。直到我推着摩托车下到公路上，将要骑上车时，静静母女俩才追了上来。姨娘把一包用塑料袋子装着的熟肉和丸子塞进我的车斗，说是带给我的爷爷奶奶和父母亲品尝的。又从袖口里取出一双绣花鞋垫，说是静静亲手绣的，让我衬鞋穿。这时，我才想起奶奶还带了一双银镯子，趁这机会，我连忙掏出来，塞给了姨娘，说是我奶奶给静静的。我不好意思直接给静静，静静也许不会接受，这样显得别扭，干脆给了她的母亲，她们当然知道其中的意味。

一路上，满脑子的疑惑分散了我的注意力，结果在躲避一辆三轮车时我的摩托车冲下了路边的沟渠，摔倒了。好在沟渠不是太深，土也松软，只是右胳膊衣袖扯破了，擦破了皮。

回到家里，一家人自然都在关心这次相亲的结果。我尽管表现得若无其事，脸上也挂着笑，但是我的不自然的表情还是让细心的母亲觉察到了，加上我扯破的衣袖，为她的担心增加了事情不顺利的注脚。我经不住母亲的再三追问，便说出了不小心摔倒的情况，但是没有说出田家老辈人暧昧的态度。母亲连忙抓过我的手臂，拉起我的衣袖，抚摸着我受伤的胳膊，连声说："让你骑慢些骑慢些，你总是火风火燎的，这么大了，还要人处处操心啊!"接着她又问道："田家人对你热情吧?"

我不好说什么，只是点头"嗯"了一声，就挣脱了母亲的手，回到了自己的房中，我脱去了棉猴外衣，一屁股重重地摔在沙发上，然后点燃了一支烟，半躺下一边吸烟，一边想心事。两个小时前，在田家众多亲人亲戚面前，我还装得毕恭毕敬，烟酒不沾，可是这会儿我却像一个瘾君子，尽情地吞云吐雾。

静静的家人（特别是爷爷奶奶）为何态度变化那么快？从刚进门热情的情况看，他对我这个未来的女婿还算满意。是啊，我的照片在火车上就被静静要去了，她的家人应该事先看过的。平心而论，我的相貌不差，甚至还可以说得上帅气；我的气质和素质也不差，处事待人也是彬彬有礼，不仅如此，我处事的原则一向是真诚，全然没的那种斤斤计较的小气和油嘴滑舌的忽悠，凡事宁肯自己吃亏，也不失信用的。在与静静候车、回程的数天数夜中，我无微不至地关心着她，让她躺在我们的行李和我的大腿上踏踏实实地睡觉；她睡醒了，我挤过人群把泡好的方便面双手递到她的手里；进站出站，上车下车，我肩扛手提，把两个人沉重的行李抢过来一人扛，不让她有一点劳累；她喜欢的小吃，我总是适时买好送到她的手中，就连喝饮料也是我替她拧开瓶盖的……正是这些看似细微其实是重要的细枝末节，赢得了她的信任，加上我还算耐看的外表，博得了她的好感。因了这，我们才有了今天的见面。

难道说她的家人嫌我带的礼品少了，而且没有给钱？不行啊，这才仅仅是初次见面，相当于投石问路，带了钱算什么啊？如果是事情说定了，正式订婚喝酒时肯定是要下聘礼的，带什么，带多少？这些都有规矩的，都是通过媒人说定，不能随便的。要说带的礼物少了，也不尽然，像这种情况，在我们山里还算多的。记得姐夫第一次来我家相亲时，只带了一双丝袜、一条头巾，那才值多少钱。客人走后，奶奶念叨说带的情分太薄了，寒碜了些，爷爷就反驳奶奶，说："有个意思好进门就行了，带多少是个够呢？咱们的娃娃过了门要过日子，要看对方人品。人品好了啥都不带也好啊；人品不好了，带得再多也不能收的。"果然，姐夫是个老实人，把姐姐娶过门，日子过得顺顺当当，现在人家什么没有？我这些礼品比我姐夫当年带的礼品要高出十多倍哩，两瓶"金六福"就一百六十元，加上糖果、茶叶，总共也有二百五十多了……咦，怎么是二百五？自己怎么那么马虎，买东西咋就不合计合计钱数，却凑了这么个不雅致的数字？婚配要讲究吉利，这个数字本身就不吉利，难怪事情这么不爽利，难怪自己骑车走路也摔跟头……咦，不是这个原因吧？那些价值二百五的礼品加上那一对银手镯，价值多少？那对镯子按现在市场价计算，少说也值千把元吧？那可是古老的纯银货，是文物，文物能以这个价位计算吗？不能。再说，那是奶奶的珍藏品，是奶奶的一片心意，老人家的一片心意能用价位估算吗？不能。显然，田家人不是嫌礼品薄冷落自己，而是另有原因。再说了，有谁会计算客人带的礼品的价格呢？一般人是不会的，按照山里人的观念，只要客人从门里进来，就是尊客，哪怕是不带一分钱的礼品，也要以礼相待，这是接辈传辈留下来的规矩，有谁计较客人带的礼品轻重，会遭人笑话的。静静的三位长辈态度的转变，是在得知了爷爷奶奶与我的关系之后才发生的，说明这事与爷爷奶奶有关。对，就是的，问题的症结就在这达。那么他们跟爷爷奶奶是怎么认识的？他们年轻时到底有什么瓜葛？

# 奶奶康秀芳

当我狠狠地摔掉烟头，起身要去询问奶奶时，奶奶拄着拐棍颤巍巍地推门进来了。她开口就问："亮子，伤得重不重，让奶奶看看。"

显然是母亲告诉了她我摔伤的消息。我怕奶奶担心，就伸手抹起了没有受伤的左胳膊衣袖，在她老人家面前挥了挥，说是没事的，请她老人家不要担心。

奶奶叹了一口气，顺势坐在炕头上，自言自语地说："没事就好，没事就好。以后骑车要小心。"进而她又问道，"你对象她姓啥，家里都有些啥人？"

我说了田静静家的情况，说出了静静的爷爷奶奶知道爷爷奶奶的事，进而问道："奶奶，他们怎么认识您和爷爷的？你们早先见过面吗？"

奶奶听了，脸上露出了古怪的神情，她愣了片刻后问道："他们老两口都叫啥名字？"

我说："她爷爷叫田安奇，她奶奶叫安奇珍。年龄好像跟您和我爷爷差不多……"

奶奶听了似乎想起了什么，重复着念叨了"田安奇"和"安奇珍"的名字，又"安奇珍、安奇珍，苟腊梅、苟腊梅"地念叨了两遍，突然厉声说："算了，亮子。"

奶奶的口气很是坚决，不可置辩的样子。"亮子，这门亲事不合适，趁早收心吧。你把我的银镯子还给我！"

我没有想到，盼望孙子媳妇那么强烈的奶奶竟然会说这话，这更让我不知所措。这下我有些生气了，就说："这是为什么？奶奶，这究竟是为什么？镯子我给人家了。"

奶奶脸上的肌肉猛烈地抽搐了几下，眼皮不停地抖动着，眼角的皱纹也跟着抖动。其他话她没有说，只是厉声说："你明日去把我的镯子要回来!"

我与静静那样好，要娶人家做媳妇，一对银镯子算得了什么？出手的东西怎么能要回来？我丢不起这个人。就说："我不。给人家了，怎么好意思要回来？要去你要去，我不去!"

奶奶也生气了，颤抖得更加厉害。她把拐棍在炕沿上"笃笃笃"地敲着，一边喘着粗气，一边说："那镯子可是上等银货，是你外祖奶奶给我的陪嫁品啊。这么贵重的物儿，咋能送给一个仇人？我舍不得啊亮子!"

奶奶说着哭了起来。

也许是声音闹大了，母亲也进来了。她开口就训我："你咋能惹奶奶生气?"接着她走到奶奶跟前，一边为她捶背，一边像哄小孩子那样，说，"妈，你不要生气了，生气伤身呢。你孙子是个愣头青，二性着哩，你老人家犯不着跟他生气。"她回头又给我使了个眼色，说，"还愣着做啥哩，还不给奶奶赔罪?"

奶奶的话让我更加犯懵：田家怎么就是我们王家的仇人？安奇珍与苟腊梅又是什么关系？从奶奶的神情看，这仇恨还不是一般的仇恨，而是深仇大恨。到底是什么仇恨呢？即使上辈人之间真的有什么仇恨，也不能延续到我们下辈人身上啊。她越是这样，我要搞清楚来龙去脉的心理就越强烈，于是就半蹲在她的身旁，一边为她捶腿，一边说着："对不起，奶奶，对不起。我明天去把您的镯子要回来就是了。"

奶奶擦干了泪水，喃喃地说："一提起田家我就心痛，一提起田安奇、苟腊梅一对狗男女，我就气不打一处来……"

母亲总算是听出了门道，她盯着我看了片刻，问道："咋了？你瞅的对象是田安奇的孙女?"

我点了点头。

母亲摇摇头说："怪道哩。你可真会找对象，找到你奶奶的仇家了，捅到她老人家的痛处了。”

## 田家人

我这次相亲，给家中一石激起千重浪。

田家那边也是波澜起伏。现代人的信息灵通，手机会随时随地交流内心感受。当我打电话询问那边家里的情况时，静静也显得心事重重的。她直言不讳地说：“你奶奶跟我奶奶是对头冤家，你奶奶还批斗过我爷爷，咱们是冤家路窄啊!”

通过与静静的电话交流，情况大概是这样的：就在那天送走我之后，静静的母亲李婉贞便从袖筒里取出那对银镯子，看了又看，有点爱不释手的样子。随后她拿着它让婆婆看，显然是想夸耀一番的。不想婆婆却劈头劈脸就泼了一盆冷水：“再好是人家的，你咋能收人家的东西？咱们再穷也不能收这不义之财啊。”

这话着实让做儿媳妇的吃惊不小。这镯子怎么是不义之财呢？老人家开口闭口称未来的女婿娃是“人家人家”的。看她老人家的神态，根本不同意这门亲事。唉，可怜的静静还在梦中笑醒哩，自从她回到家里，一天到晚总是勤勤快快的，嘴里总是“甜蜜蜜，甜蜜蜜”地哼着歌儿。要说，王家这娃真的不错哩，你看他身材长得端端正正的，不胖不瘦，不高不低，脸面有模有样，说话处事，彬彬有礼。别的莫要说起，就是这一次南方雪灾，旅客滞留，要不是这个亮娃，静静一个人会是多么艰难啊!说不得途中还会发生什么意想不到的事情。是他一路照顾她，家人才省了许多心。两个年轻人一路上卿卿我我的，那可是娘老子最愿意看到的情景，这个女婿娃可是打着灯笼也难找到的。

见婆婆这个态度，李婉贞就有些不解其意，她连忙找到丈夫田跟牛，向他讨主意。丈夫说：“咱们的老人与他们的老人早年有过节，这门亲事恐怕成不了。”

母亲总是向着女儿的，李婉贞的心里老大不乐意，她说："他们早年有啥大不了的过节？都这么多年了，还记那些陈谷子烂糜子？日本鬼子杀了中国多少人，如今还讲中日友好哩……"

话是这么说，可是她一个家庭主妇，头顶上还压着三重天呢。丈夫是个软性子人，从小对父母言听计从。两位老人不同意，他自然也就不同意。可是李婉贞深知宝贝女儿静静的心思，她是心爱着这个王家小伙子的。如今形势不同于过去了，男女婚姻要当事人做主，只要两个当事青年人真心相爱，是谁也拆不散的。她相信女儿的眼力，把希望寄托在女儿静静身上。

静静的心里是明朗的，也是困惑的。不到一周的旅途接触虽然短暂，也没有花前月下的祝愿和海誓山盟的誓言，但她也从中体验到了一见钟情的魅惑。她说比起她结识的许多男青年，我这个王子亮是她最为看中的。她是不想轻易放弃她的感觉和初恋的。不过她不想像有些人那样，家人不同意动不动就私奔，那是多没有脸面的事！她也不想效仿传说中的王宝钏，与家人决裂，她想说服两位祖辈，让他们心悦诚服地同意。爷爷奶奶的思想通了，父亲的思想自然就通了。要说服这两位"老佛爷"，就得搞清楚他们不同意的真实理由。要了解两家老人曾经的过节，静静是有办法的，至少比我强一些。

手机震了，为你按摩一下；
屏幕亮了，让你光彩一下；
铃声响了，让你快乐一下；
短信发了，与你交流一下。
我亲爱的人啊，你在想啥？

静静的短信来了。喏，人家心里乱七八糟的，她还有心思跟你调侃。我当即做了回复："我亲爱的人啊，还能想啥？想你呗！"

“哈哈，想我？那是剃头的担子一头热。张生莺莺遇到老夫人了哈哈！”

“如今都到什么年代了，男女婚姻还能被老夫人左右？就说你吧，只要你真正有莺莺之心，老夫人算得了什么？一个小红娘就可以摆平她的。”

“哈哈，一个老夫人无关紧要，可是三个老夫人可是非同小可啊。那得有三个红娘啊。”

“三个红娘？那你说怎么办？”

“哈哈，你是男子大丈夫，你总得有办法吧？”

“我是忙人无计。”

“从长计议……”

我心里有事，懒得跟她调侃，就把电话打过去，直奔主题，询问她爷爷奶奶到底与我的祖辈有什么深仇大恨？难道说早年的过结就不能调和吗？

静静还是那句话：我奶奶说你奶奶在“四清”运动中批斗过我爷爷，把唾沫都吐到我爷爷脸上了……

我奶奶有那么可恶吗？看她如今贤惠的样子，她哪能做出那种泼妇般的事来？

再问究竟是为了什么，静静说她也不知道，正在进一步了解之中。

静静说的也许是实话，就像我也不知道爷爷奶奶的过去一样，她也不可能对祖辈的过去了如指掌。

不过我从静静显得轻松的情态感觉到了事情的良好结局，至少我们的婚姻不会泡汤。不过，事情也有复杂的一面，那边三位“老夫人”加上我这边的爷爷奶奶两位“老夫人”，五个人的势力不可低估，要是影响到我的父母，那就是七位“老夫人”，若是出现别的情况，比如再有第三者插足，那事情就难说了。不行，这事得抓紧，正如有位伟人所言：抓而不紧，等于不抓。感觉到静静在努力做“老夫人”们的感化工作，我也不能束手无策，得从我家内部攻破“堡垒”!

## 奶奶康秀芳

静静的短信特别多。

她连吃喝拉撒睡都要向我这位“亲爱的人”汇报。

> 今天我给奶奶梳头了。
> 今晚我给奶奶洗脚了。
> 今天我给爷爷剪指甲了……

起初，我对这样没有实际意义的短信交流有点烦，总想急于知道她家人的态度，可她总说不急不急。还建议我也多关照关照老人。渐渐地，我觉察出了静静的良苦用心，她是在潜移默化地搞“统战”，在“统战”中搞采访，在掌握了真实情况后对症下药。欲速则不达。静静聪明啊，我怎么就没有想到呢?

奶奶喜欢唠嗑，喜欢一边唠嗑，一边给她捶背。我就耐着性子讨她的欢心。果然，在一次次唠嗑、一次次捶背的过程中，我们的交流总是会说到找对象的事。奶奶越是催我赶紧找别人做媳妇，我就越卖关子，故意说是还早还早。再说孙孙长得丑，工资又少，家在农村，哪个女孩子会跟我啊？每当这时，奶奶就不依了，用手指头戳我的脑门，说她的亮子如何如何体面，如何如何坐有坐相，站有站相。她如何想摸摸重孙的小鸡鸡，她与爷爷如何如何想有个重孙子为他们百年后戴缀红的孝帽，在坟头上多插上一层哭丧棒。我呢，自然就会把话往静静身上引：人家田静静不嫌弃我，可是你们又不同意……我是与她找对象，又不是跟她爷爷奶奶找对象？果然，提的次数多了，引发得她的愤怒也多，愤怒时她就要发泄，就会言不由衷地讲述。在她老人家断断续续的讲述中，我才得知了奶奶早年的不幸遭遇。难怪啊，这事落在谁身上，谁也不会好了伤疤忘了疼的。

奶奶原来有个很叫得响的外号“水蜜桃”，光从这外号中就不难发现她当年的芳容，那可是水灵诱人的啊，用“秀色可餐”来形容，一点也不过分。因了这，被乡公所的干部田安奇看中，那时村里正在办夜校，田安奇就兼任教员，教识字，教唱歌，教扭秧歌。一来二去，田安奇就与奶奶心照不宣，达成默契了。请人提了亲，提了亲就结了婚，结了婚的奶奶多时住在田家湾田安奇的家里，有时候也到乡公所小住几天，小两口子恩恩爱爱，人人羡慕，康家人也高兴，太姥祖爷和太姥祖奶逢人就夸当干部的女婿田安奇，也夸女儿秀芳有福气。可是这种幸福随着半年后奶奶的弟媳妇苟腊梅的娶进门改变了。田安奇是康家的女婿，自然少不了在丈人家来来往往出出进进，这样就免不了与弟媳妇苟腊梅低头不见抬头见。这个苟腊梅偏偏又是另一只“水蜜桃”，田安奇是吃着手里的，望着树上的，就想着品尝另一只“水蜜桃”。一个还算有身份有派头的干部，只要安了“偷吃”的心，那是很容易得手的，何况苟腊梅的丈夫康大年在外地教学，多时不在家中，这就为田安奇的野心提供了方面。终于在一次家人都上山秋收的大忙季节里，怀着身孕单独留在家里做饭的苟腊梅就与姐夫田安奇走到了一起，他们走得很近很近，近得天衣无缝，近得你中有我，我中有你。这事一旦开了头，品尝了滋味，就一发不可收拾。也许是这只“水蜜桃”不同于奶奶那只“水蜜桃”的缘故吧，从那以后，只要有机会，他和她就做“你中有我”的事，尽情品尝野桃更比家桃甜的味道。

事情的结局自然很糟糕。

我的奶奶康秀芳一气之下离了婚，离开了田家湾田安奇家，重新回到了康家坪的娘家，后来就被爷爷王金全以“叼寡妇”的名义叼到了王家大庄。没过多久，苟腊梅也以另一种“叼寡妇”的形式被张家嘴头人叼进了瘸子张正良家。再后来，几经辗转，她再次被叼，到了现在的苟家塬，终于与田安奇“破镜重圆”，走到了一起，改名为安奇珍。

这是后来的事情。其实，之前发生的一系列事情远远没有这般平静，为此还死了人。在外地当教师的康大年，得知了妻子与姐夫鬼混的消息，气急败坏，但他又不能撂下工作回家捉奸，便整夜整夜借酒浇愁，结果得了肝病，在一个大雪天骑自行车回家的路上，摔倒在地，再也没有爬起来。对于康家来说，真可谓雪上加霜家破人亡妻离子散啊！随着爷爷王金全的出现，情况才有了转机。

## 爷爷王金全

当爷爷得知我谈的对象是田安奇和苟腊梅的孙女后，也来到我的房间，摸着我的头说：“亮子，男婚女嫁看缘分，缘分不到了搅扰多，婚姻也不顺劲。你看你头一回相亲，就摔了跟头……”他见我漫不经心的样子，就又说，“两家人结了亲就是亲戚，就要互相来往；两家大人是这个样子，咋样来往呢?”

我是在爷爷奶奶的怀里睡大的，我的头上不知道留有爷爷奶奶的多少手温，如今他们都老了，我说什么也不能做出让他们伤心的事情。听了爷爷的话，我着实动摇了，心想找一个适当的机会向静静把话挑明，我们好合好散，好在我们才仅仅是初恋，并没有做出有损于对方的事。可是想到我与静静的良好感觉，再想到静静胸有成竹的样子和她可爱的一举一动，我就下不了决心。

好像我和静静心灵相通，这不，她又发来了短信：

我亲爱的人，干什么呢？没有你的信息，是否在打退堂鼓哩？坚持吧，坚持就是胜利！

打退堂鼓不是我的性格，在工作方面，在办事方面，我一向是个知难而进的人；在爱情方面我应该是主动者、追随者，怎么可以在一个深爱着的姑娘面前打退堂鼓呢？我原本把转机的希望寄托在爷爷身上，他当年能够使奶奶家的形势起死回生柳暗花明，相信他也会使我们的事情峰回路转。没想到他也是一副打退堂鼓的样子。不过，爷爷的话也有道理，他更多的是为奶奶的感受考虑的。别的莫要说起，静静娶过门来，就得早晚面对家人，尤其要面对奶奶，奶奶心中的余悸那么大，她对她能有好脸色吗？孙媳妇娶进门若是不能给她老人家带来欢乐，而使她老人家伤心、痛苦、生气，那可是得不偿失的。

由于爷爷在场，我不好多说什么，只是给静静回复了一个"好"字，就再没有说什么。这一个"好"字意味着什么？究竟是"坚持就是胜利"呢，还是"打退堂鼓"呢？从整个逻辑上看，是前者，可这前者也不好"坚持"。煎熬人啊！

我感受着爷爷手掌的温暖，脑海中涌现出了爷爷当年的行动。这些行动是这些天奶奶和母亲零零碎碎透露的，静静也把她从爷爷奶奶那里听来的情况反馈给了我。

爷爷与奶奶早就认识，是爷爷在康家坪打水库时认识的。奶奶在夜校扫盲，负责水库工地的张副书记要培养年轻勤快的爷爷当记工员，就派他也到夜校学习识字。那时候奶奶这只"水蜜桃"已经为好多人制造了口水，王金全也不例外。可是民工小伙终究争不过兼任教员的乡公所干部，这只"水蜜桃"被抢先摘到田家湾。后来发生的事，让王金全这位民工小伙十分生气，他自然时刻关注着他心中的"水蜜桃"。就在舅爷康大年摔倒冻死在雪地上后，奶奶康秀芳也离了婚回到了娘家，面对她与弟媳妇苟腊梅仇眼相视的尴尬境况，王金全动了心思。动心思归动心思，可是要他下手摘“桃子”却有些胆怯，用他自己的话来说，就是“有贼心，没贼胆”。不过，他的“贼心”被整天在一起打交道的张副书记发现了，张副书记知道他家穷，明媒正娶媳妇还有困难，可他知道这位憨厚的民工小伙一心口馋着那只“水蜜桃”，就壮大他的“贼胆”。终于有一天，他把他拉到僻静处，对他发出了“叼”的命令：你把她叼去吧？

在康家，顶梁柱大年离去了，爱女秀芳离婚了。家中最难操心的就是两只“水蜜桃”。她们这时其实不是什么“水蜜桃”，而是两只乌眼鸡，整天怒目而视，说话强言带语，反唇相讥，恨不得你吃了我，我吃了你，家中哪有一丝和谐？康家舅太姥爷老两口别提有多伤感了，只是为了延续康家的香火，盼望着儿媳妇肚里孩子的出生，才千般忍耐。为了未出世的孙子，老两口就盼望着有人上门提亲，尽快把女儿秀芳打发出去，省得她们二人整天淘气——哪怕“叼”着去都行。

这心理正中张副书记下怀。张副书记利用访贫问苦的机会，带了一个整块“砖块茶叶”、二斤红糖，还有一方头巾、一双丝袜和八尺紫红条绒（头巾和袜子是爷爷王金全买的，其他礼物是从水库工地民工的劳保品中调配出来的），在慰问了康家的苦难之后，透露了有人想叼秀芳的意思，请他们家人有个思想准备。康家老两口听了百感交集，泪水涟涟。有人看中女儿，也是好事，把她打发出门，也会省去好多心。可是他们同时也担心，男方人品如何？相貌如何？要是他再像田安奇那样，那可是把女儿再一次推进火坑啊。女儿有过不幸遭遇，应该把她体体面面打发出门才是，若像叼寡妇一样把她叼出门，他们心理上是难以接受的。

这个张副书记是农村出身的干部，经的事情自然很多，他当然知道“娶”与“叼”的区别。要明媒正娶吧，就要请媒人，请亲友，就要摆筵席，哪怕是简单的筵席也要摆几桌吧；聘礼吧，也得下一些，哪怕少一些也得下吧。可是小王家穷啊，父母年龄都大了，家中没有劳动力，全靠小王一个人挣工分。他要是有实力，早就讨到黄花闺女为妻了，还能熬到将近三十岁？再说，“叼寡妇”是从古到今的乡俗，据说，寡妇就是要“叼”。寡妇之所以能成为寡妇，是因为她的命硬，命中有“克”夫的因素，至少是夫妻相“克”，明媒正娶反而不好。“叼”去的寡妇会逢凶化吉，给男方和寡妇本人带来好运。再说了，人家小王虽然年龄大了一些，但也是个货真价实的童男子，明媒正娶一个寡妇，也不大合适。“叼”则不一样，是别人替他“叼”的。

张副书记为了让康家老两口放心，就在夜晚把王金全带到康家，老两口一见本人，疑虑顿消。这样就商定了“叼”的日期。

## “叼”寡妇

“我是四月八来到王家的。”奶奶对她被“叼”的日期记忆犹新。

先一天晚夕，奶奶的母亲（我的外祖太太）拉着女儿的手，哭着说：“芳儿，明日个人家就来人领你，这也算是不幸中的幸事。你也不能太随便了，今日晚上洗个脚，洗个头，明早起来把头梳了，换上几件像样的衣裳。好歹也是出嫁啊！”

奶奶的心情是复杂的，与田安奇离婚，差点儿让她精神崩溃，要不是兄弟英年早逝，家里折了顶梁柱，她真想寻了短见。她是个要强的女性，思来想去，她不能死，不能再让两位古稀老人雪上加霜，她要为年迈的双亲分担忧愁，要等待小侄子出生，她也等着看贱人荀腊梅的锅大碗小。她觉得凭借自己的吃苦耐劳，是能够帮助父母双亲渡过难关的。当她听说那个打水库的民工王金全对自己有意，要娶她的时候，她的心中自然分外激动。那个王金全长得高高壮壮的，比起田安奇结实多了。她对于他，打心眼里是满意的，要不是那时田安奇先下手为强娶了她，说不定她是会与王金全走到一起的，可是命运捉弄人啊，事情走到了这一步，也算是她与他有缘啊！

她的父亲又给她安顿，让她后晌天快擦黑时去到河边洗衣服。天气擦黑时去河边洗衣服，那可不是常理啊，太阳正火时洗的衣服才能随时晒干啊。她自然明白，洗衣服只不过是一个幌子，是有意等待王家来人叼。她的母亲避讳了这个“叼”，说成了“领”。其实她是知道的，那是“叼”，是抢。因为自己不是黄花闺女，而是一个寡妇。解放都这么多年了，这叼寡妇的习俗咋还没有破除呢？以前只听说过叼寡妇，听得人心惊肉跳毛骨悚然。听说有不知道天高地厚的二愣子青年人在“叼”的过程中，还会动手动脚的，一不小心还会扭伤身体的某个部位。自己常常为被“叼”的寡妇担心，如今却挨到自己头上了。他们“叼”的时节会不会动粗呢？

奶奶穿着张副书记送来的那八尺紫红条绒做的上衣和墨绿色的涤纶裤子，脚上套上了张副书记带来那一双爷爷特意买的桃红色丝袜，穿了自己做的绣花鞋子。这一精心打扮，又是一颗红红绿绿的“水蜜桃”。她生怕河水河泥弄脏了衣裤，就蹲在河边，一边小心翼翼地捞着水，有一下没一下地搓洗着衣服，一边不时抬头望一望王家大庄的方向，看看那边的动静。也不知道她知不知道南方有个叫祥林嫂的寡妇，她也在河边淘米时被叼走的。要是知道，她肯定会产生联想：难道说这河边是个叼寡妇的绝好地方？她可与祥林嫂的情况不一样啊，祥林嫂是实实确确不知道情况，被人突然叼走的，而自己却是事先知道的，清清楚楚的。从一定意义上说，自己比祥林嫂幸运多了。她盼望他们来叼，而且越快越好！

正当她全神贯注地注视着西南方向时，却听得身后突然一声大喊：“在这里，叼啊，抢啊！”

紧接着就冲上来一帮子男人，像老鹰抓小鸡一样，把奶奶抱起来，然后又扶到了一个壮汉的脊背上，众人一阵吆喝，那壮汉就飞奔起来。原来他们是从水库那边过来的。

跑了一段路，那个壮汉气喘吁吁把奶奶放下来，说道："芳子，让你受惊了！"原来，背奶奶的不是别人，却是爷爷王金全。

叼寡妇女婿一般是不亲自出面的，只在家里张罗。可是爷爷担心有人不守规矩，动手动脚，怕奶奶受惊，就亲自来了。快进村了，村子里就有四个人抬着一顶花轿来迎娶，两名唢呐手呜哩哇啦地吹着唢呐，声音脆脆的，听得奶奶心里泛酸，眼泪就扑簌簌地流了出来。到了大门口，只见喜对贴得红堂堂的，鞭炮声噼里啪啦地燃放了好大一会儿，叼寡妇变成了娶新娘。

第二天，爷爷用自行车捎着奶奶到人民公社办理了结婚登记。

## 苟家的事

与奶奶相比，苟腊梅被叼就没有这般风光了。

奶奶出门后，康家一下子就平静下来，平静得让人压抑，要不是时而有鸡叫狗咬，真显示不出这是一户人家。要是有亲戚邻居偶尔来家，因家中出奇的静谧会让人感觉到呼吸困难。然而比起两只"乌眼鸡"的争斗来，康家老两口乐意要这平静。为了等待孙子的出世，老两口百般忍让，想方设法讨好儿媳妇苟腊梅，好吃好穿尽着她，家务一应活儿也随她的意，她想做就做，不想做也不指望她——只要她平平稳稳在家待着，相安无事就是了。

也许是康家的遭遇影响太大，得到了社会特别是庄间四邻的极大同情，也许是田安奇的行为受到了众口一词的谴责，他考虑到会危及他的前途的缘故，自从康大年去世后，有相当一段时间他没有跟苟腊梅来往。当然，他跟奶奶康秀芳离婚后再也不是康家的女婿，自然就不能再出入康家的门户。

然而，有句话叫作“树欲静而风不止”。一对曾经的情人，有过多次热热火火“你中有我”的接触，当他和她沦为光棍和寡妇的日子里，那种心理上生理上的煎熬是不可遏制的，那种心灵之火烧得他和她忘乎所以，什么的仁义礼智信，什么的节操，什么的社会影响，什么的前途命运，甚至于什么的生命，都统统被这欲火烧得失去了理智。不是有句花儿这般唱吗：钢刀拿来头割下，不死了还是这个爱法！正如有位著名作家说的：爱（有时候）是不道德的。

活人还能让尿憋死？田安奇有的是办法。正面接触不了情人，可以通过另一种方式。他是公社（这时由乡转为人民公社）的干部，他有便利条件。苟家塬苟腊梅的娘家成了他留意的主体。于是，一个名叫马三旦的人成了苟家的常客。马三旦与苟腊梅的哥哥苟文博熟悉，马三旦带着好烟好酒与苟文博分享。这些烟酒自然有人提供。一来二去，苟文博妹妹腊梅的事便被提到了议事日程：“你妹子年纪轻轻的，一个人守寡多艰难！她守到啥时候呢？”

马三旦总是不失时机地提出这事，很关心的样子。其实苟文博早就打着妹妹的主意，他想在妹妹身上捞点油水，只是爹妈不开口，妹夫新丧，妹妹又身怀六甲，才没好意思开口。马三旦既然是田安奇精心物色的说客，自然脑子灵活，当他窥觉到苟文博的内心时，就见机行事，按照田安奇的主意，把一叠十元的票子和一扎五斤的粮票塞进他的衣袋，外加一条“大前门”香烟。吃了人的嘴软，拿了人的手软，苟文博的嘴和手也就都硬不起来了。他自然对马三旦言听计从，他首先从爹妈的工作做起，茶余饭后总是喋喋不休地数说妹子的艰难，建议给她找个好主儿把她嫁出去。当爹妈唉声叹气时，苟文博就适时说明有人想娶她为妻的话。不过，他没有说是姓田的，而是说了另一个男人的名字，这个男人名叫张正良。

张正良在张家嘴头，是一个瘸子，因为瘸，也因为家里穷，一直没有讨媳妇。田安奇便指派马三旦找他从中撮合，如此这般地给他面授机宜，让他组织家门里人去叼，说："叼寡妇是从古到今常有的事，不会惹人唾骂的。叼回去领了结婚证书就合法了……康家坪的康秀芳被人叼去了，还不照样乖乖给人当老婆?"

张正良是个老实人，一心想要女人的他，被煽动了心，于是就说通家人和邻居，跃跃欲试地等着叼人。马三旦积极配合，敲定了叼的具体日期时辰。苟腊梅那边，自然是哥哥苟文博来来往往穿针引线。哥哥来家看望妹妹，这是人之常情，自然不会引起康家老两口的怀疑。当苟文博说爹妈想女儿，要把妹妹接回娘家让爹妈见见时，康家老两口起初有些不放心，但也不好说什么，只是叮咛说她的身孕大了，凡事得小心。苟文博指着他骑来的一头大骡子，拍着脑门说："请姨父姨娘放心，我不会让妹妹受丁点委屈的。她是我妹妹，是我爹妈的心头肉，我比你们还操心。"

果然，苟文博把妹妹接去转了几天娘家，又用骡子把她送回了家。这样，康家老两口就放心了。可是，两位实实在在的古稀老人，哪能算计过处心积虑的苟文博兄妹和田安奇呢?就在苟文博再次吆着大骡子接去妹妹后，她再也没有回到康家。

## 苟腊梅与安奇珍

苟腊梅具体是怎样被叼的，她被张正良叼去又是怎么转移到田安奇家的。两位当事人不说，谁也说不上个子丑寅卯。不过通过爷爷奶奶的道听途说和静静通过爷爷奶奶断断续续的讲述，还是可以勾勒出原始境况的。

从康家坪到苟家塬，途中要经过一段沙石河床，河床的东边就是张家嘴头。当那一天苟文博牵着骡子缰绳，把骑在骡子背上的妹妹送到沙石河床时，突然从山坡下的沟里冲出一些人，他们照样吆喝着冲向苟家兄妹，有几个壮汉首先捆绑了苟文博，然后干脆连骡子带人把苟腊梅赶到了张家嘴头。傍晚时分，苟文博才得以释放，他骑着骡子回家去了。据说，他被叼进张家后就有人立即为他解了绳索，张正良就拉着瘸腿跪在他的面前纳头便拜，还重重地磕了一个响头。招待他吃了饭后，给了他几十元钱，就在天黑时打发他回去了。

闻知儿媳妇被张家嘴头张正良叼去的消息，康家老两口觉得天塌了。他们一对古稀老人，哭喊着磕磕绊绊地冲出了家门，冲出了村子，要去张家嘴头要人。儿媳妇肚子里怀着康家的命根子啊，他不论是男是女，都是康家的未来和希望。他们要把她讨要回来的。他们被村里人力劝拦住。村里的主任答应出面与张家嘴头村干部交涉，两位老人才被劝回了家。

奶奶说她和爷爷得知后连夜赶到康家坪的时候，两位老人已经哭哑了声音，只是张着口干号。康家老太太从那以后，眼睛就失明了。

康家坪的村干部与张家嘴头的村干部不知是怎么交涉的，可是苟腊梅还是迟迟没有回到康家。

奶奶和爷爷也到张家嘴头论理，结果呛了一鼻子灰回来了。

爷爷说："如今是新社会，你们抢人是犯法的。"

马三旦说："那你们抢人咋就不犯法?"

奶奶说："我们是自愿的，明抢暗中愿意……"

张家嘴头的村干部张占有说："那你们咋知道人家苟腊梅内心不愿意呢?"

瘸子张正良补充说："我们也是愿意的，也是明抢暗中愿意的。"

爷爷说："我们是办理了结婚证的，是合法夫妻。"

马三旦皮笑肉不笑地说："他们也会办理结婚证的啊!"

最后奶奶带着哀求的口气说："如果真是双方愿意，那她肚里的孩子是我们康家的骨肉，孩子生下了总得交还我们吧？看在我兄弟早去的份上，看在我父母白发人送黑发人的遭遇上，求求你们了。”

奶奶跪下了。

爷爷也跟着跪下了。

马三旦眼珠一转，说：“这个嘛，可以考虑考虑……”他进而又看了看张占有，狡黠地说，“这事张主任在场，张正良又是他的家门里人，由他说了算。”

张占有见马三旦跟他使眼色，就说：“好吧，等孩子生下来，我们告知你们，来抱就是了。”

就在康家人和康家的亲戚竖着几十双耳朵留意孩子出生的消息时，却传来了苟腊梅又被另外的人“叼”走的消息。具体被“叼”到哪里，谁也不知道。

马三旦说：“反正苟腊梅是寡妇，寡妇谁都可以叼的。”

没过多久，“四清”运动开始了，田安奇因有经济问题，成了“四不清”干部。静静所说的我奶奶往她爷爷脸上唾唾沫，就是这时候发生的事。

那时候工作组也会来事，他们专门物色一些与“四不清”干部有过结的人担当积极分子，来揭发批判“四不清”的问题。奶奶自然是重点培养的对象。工作组便派人用自行车把她带到公社会堂，让她当面揭发批判田安奇。站在对面，看到这个曾经相爱又极度伤害自己的人如此狼狈的样子，想起康家被这个人搞得家破人亡的结局，奶奶气得头脑发胀，一句话也说不上来，只是一个劲儿地哭泣。要是这时候田安奇仍然低着头，装出一副可怜兮兮的样子，也就罢了，可是他却抬起头来斜视着奶奶，脸上还露出了皮笑肉不笑的神色，奶奶看到他这样，就把一口浓痰狠狠地唾到他的脸上。事情仅此而已。

田安奇被下放当了农民。回家务农后，他四体不勤，五谷不分，庄稼活儿一应不会，于是他就外出了，具体去了哪里，他的家人也不清楚。后来听说他到苟家塬落户了，娶了一个名叫安奇珍的女人做老婆。等到人们发现这个安奇珍就是当年的苟腊梅时，时光已经过了将近二十年。时过境迁啊，人家田安奇和安奇珍都有合法结婚证，还能把他们怎么样？

## 田静静

事情越来越明朗化了。原来两家人血缘关系那样亲，却走得那样远。算来，静静的父亲田跟牛就是康家舅姥爷康大年的遗腹子，我奶奶是他的亲姑姑，他与我爸是两姑舅兄弟，我和静静呢？当然是表兄妹。天哪，这关系却怎么发展？

这事搅扰得我心烦意乱，连几天大年也没有过好。按说，三天年过了，就要走亲访友，像我们这样的关系更应加紧联络，应该去给女方家人拜年。可我是如何去呢？爷爷奶奶肯定不让去，父母也会顺着两位老人的。即就是我力排阻力独自去，田家人会不会让我进门呢？要是再发生上次那样的事，岂不是关系更僵了？还怎么从长计议？

静静呢，她还是短信不断，继大年三十发了一条礼花四溅内套“新年快乐”的彩信之后，吉祥如意的祝词一个接一个：

> 如果一片雪花代表一份情意，那么今天的雪为你而下；愿片片雪花送去我新年的祝愿，愿我是 2008 年第一场雪中第一个问（吻）你的人……

> 人生可以逃避很多，但命运除外；
> 可以改变很多，但缘分除外；
> 可以戒掉很多，但牵挂除外；

我没有牵挂的朋友，但你是个例外！

她的每一条信息我都是要回复的。然而我没有过多的心思来挖空心思地组织肉麻的词语，只是简单地回复“同乐”“谢谢”之类的话。

静静自然对于这样的回复不满意，就干脆把电话打了过来，带着责备的口气说：“你很忙，还是很烦？连信息也懒得回？”

我就搪塞说：“不好意思，这几天来家拜年的人很多，我在招呼客人哩，忙过这几天，我们好好聊吧？”

挂了电话，静静又发来短信：“你好像有什么心事？是不是考虑咱们是姑表兄妹，是近亲？其实，那只是沾了一点边的。咱们并不亲的，你没有必要担心。”

说实话，我也曾经这么考虑过，但是，静静的父亲毕竟姓田啊！就算是近亲，也不是很亲近的。就回复说：“也不是。主要是老夫人们的工作不好做啊。”

其实静静打电话过来，不仅仅是责备，还想探听我是否去她家拜年的消息。当我说出“老夫人”们的坚决态度和我的担心之后，静静也长出了一口气，说她也在担心，担心我去会遭受冷遇，甚至家人不会放我进门的，这样会使事情进一步陷入僵局。她的意见：算了，等以后情况转好了再来不迟。

静静的态度让我轻松了许多，可是我却无法面对奶奶，只要和她遇面，在没有其他事情干扰的情况下，她总要提出要回镯子的事。我只能胡乱搪塞，答应她：不急不急，我一定给您要回来！我是个不善于也不想说谎的人，然而这些天来，却不得不这样，我发现我学会了说谎，这边主要是针对奶奶，那边主要是针对静静。没办法啊，这谎言有时候不得不说，有时候好像人们特别需要谎言。

正月十五元宵节过了，我就要返程去上班，静静是否也一起走？

原来说好的是要一起走的，现在如果没有变化，我得提前订票。车票是很紧张的，得找熟人早些预订。当我询问她的时候，她沉默了片刻，进而拉着哭腔说："我不能去了，家里不让去……"

原因是不言而喻的。她的家人担心我们在外面自由自在地发展感情，进而"鹊桥相会""生米煮成熟饭"，就使出了王母娘娘的金簪，想制造天河啊！

静静是伤心的。

我的心情是复杂。

无论如何，我们的事情不能这样不了了之。果然，静静又发短信了。她说她要去县城参加同学婚礼，约我到县城见见面。

我渴望见面，可是见面了又会怎么样呢？几经考虑，还是恋情大于矜持。再说了，得想办法给奶奶一个交代，再不能老是"不急不急"地让这位"老夫人"天天发急。我想在县城首饰店给静静买一条金项链，换回那对银镯子，这样对她们一老一少两个人都有个圆满交代。

我简单收拾了一下，也说有同学在县城结婚，要去随情分，给家人打了招呼。这次我没有骑车，而是搭了班车。

我们约定在僻静的西山公园见了面。静静穿着深蓝色呢子外套，脚穿橘红色长筒靴子，头上戴着自己织的毛线帽子，显得落落大方。也许是精神煎熬的缘故吧，她脸色显得有些憔悴。

原来，我们都在说谎。我们都没有同学在县城结婚，而是为见面精心编织的谎言。我们为我们的不谋而合心照不宣编织谎言而会心地笑了。静静的笑意味特别。

雪后的西山公园是冷清的，凛冽的寒风会不时卷着积雪向脸上扑来，让人发冷。这里不是久留之处。我们来到红利饭店，要了一个小雅座。

静静说："我们难得一聚，今天好好放松放松！"

我说："是啊，应该好好放松放松。"

菜是静静点的，一个羊脖，一只烤鸭，外加一份烧茄子和一份炒豆角，还要了一瓶“金六福”白酒。

在摆脱“老夫人”们的束缚，只有两个青年男女相处的氛围中，应该是自由的，轻松的，可是今天的感觉却是怪怪的，也许我们都在过多地考虑我们的“下一步”，而这个“下一步”不知还有几步？根本没有我们初次在广州火车站见面的热情与激动，也没有在火车上交流的那种真切和爽朗。

我们一边品尝着美味，一边铮铮地碰着杯子喝酒。

几杯酒下肚，我们的话也渐次多了起来。

我说：“我们的事怎么办？”

这话一出口我就后悔了，觉得不大合适。这话应该是由她来说啊，我一个堂堂男子汉怎么能说这样没底气的话？

不想静静并不计较，她调侃说：“凉拌！”

我说：“怎么个凉拌？”

她说：“车到山前必有路！”

我说：“路在何方？”

她说：“路在心中！”

不知不觉，一瓶“金六福”只剩下少半瓶了。静静的脸喝得红扑扑的。也许是她也对我们当下的事想不上个解决办法，提起来让人心烦，也许她有自己的想法，就不再提这件事，只是一遍一遍地催着喝酒，反复说着“放松放松”的话。

酒尽饭足了，我惦记着镯子的事，就说要带她去逛商场，给她买一条金项链。

静静摇着头说：“八字还没有一撇呢，就拿了你家的一对宝贝银镯子，要是事情黄了，你岂不是人财两空？”

我说：“不会的。”又说，“其实我是要用金项链换回银手镯的……”

静静睁大了眼睛，看了看我，说：“这是为什么？”

我说："金换银，亲加亲。这是讲究……"我现在越来越佩服自己的说谎本事了。这是什么讲究？只不过是自己为了讨回银镯子而不至于尴尬随口编织的谎言罢了。

静静却说："回头再说吧。我头晕得厉害，我不想去。我想休息休息，开个钟点房吧？"

看着她红得不自然的脸色，我想她可能喝多了，那就让她休息休息吧。好在楼上就是宾馆，我就按照她的意思，登记了房子，把她扶进房间。

刚一时房门，她就一把搂住了我，哭泣起来，哭得很是伤心。

我想，她当真是喝醉了。后悔不该让她喝那么多酒的。

其实，我也喝多了，也有了几分醉意。

接下来发生的一切，都是在酒醉状态下进行的。要说有什么不妥的话，那就是"酒后失德"。

试想，一对青年恋人，两个青春期滚烫的身体在两颗狂躁的心的驱使下拥抱在一起，两个发热脸面紧贴在一起，两条舌头像两条交尾蛇一样缠绕在一起，下一步会怎么样呢？

其实，从在西山公园一见面，我就觉察出了她神情的异样来。在要酒喝的时候，她的表情再明显不过了，是那种含情脉脉的羞涩。但是我还是没有敢往那方面多想。事情正麻达哩，再有那事，下一步怎么收场？再说，女孩子家，她的第一次是神圣的，她不会轻易就投桃送李的。

她紧紧地搂着我，不肯放开，嘴里不停地说着："我们放松放松吧？哥哥，我们放松放松吧？"

还是新潮战胜了传统，自我排斥了他人，情爱驱走了理智，感官击碎了固守。这时候的我，已经不是那个让人信任的王子亮了，彬彬有礼和道貌岸然被体内的躁热撕碎。

她摘掉帽子，又一件一件地脱去外套、内衣、靴子、袜子、外裤、内裤，只剩下乳罩和裤头了。

我傻傻地看着她的一举一动，好像在做梦。

她说要洗澡，就进了卫生间。

是啊，真的该清洗清洗了，这些天在家里忙，一直睡火炕，没有洗澡，身上一定有股难闻的炕烟味。第一次是神圣的，是得把自己清洗得干干净净的。

接下来的事情是谁都能够想象到的。

一对热恋着的情人，在这两个人的空间里，尽情地感受着人间最美好的接触。这种既传统又新潮的接触，是幸福的，是爽快的，是如痴如醉的，是飘飘欲仙的。我们早把“老夫人”们的感受抛到九霄云外，在一浪高过一浪的激情中，我由男孩变成了男人，她由女孩变成了女人。

## 两家人

这一次县城相聚，总体上是愉快的，第一，我与喜欢的人有了一次实质性的接触，虽然这种不在洞房中的接触在我们那里也叫叼，但这毕竟不同于奶奶那样的叼，是在十分浪漫的氛围中放放心心缠缠绵绵痛痛快快地叼。叼得畅快淋漓，叼得忘乎所以，叼得刻骨铭心、回味无穷，想怎么叼就怎么叼。我们彼此都无所顾忌地把自己交给了对方，下一步的事情也就义无反顾了。第二，我巧妙地用一条等值的金项链换回了奶奶的那对银镯子，省得她老人家天天害心疼。

可是，下一步怎么办？几位“老夫人”的纠结如何化解？却时常困扰着我，也困扰着静静。在回到公司工作的间隙，只要收到静静的短信，提起我们的事，我就会思想走神。当我心情不安地给静静发短信时，她总会说那句老话：“车到山前必有路。”可是路在哪里呢？仅有的羊肠小道被五六个“老夫人”堵得死死的，要从他们身上踩过去，那可不容易。要是硬行从他们身上踩过，也未尝不可，但那是要伤及他们的，这是小辈人不愿意做的事。别看他们几个主要挡道者其中的四个是行将就木的古稀老人，可是他们身上有着钢铁般的力量。人们常常提到传统的力量，原来这传统的力量真的不可低估。

我低迷的状态和分散的精力被公司副总朱明觉察到。他其实也是我的好朋友。当我把我的事情细枝末节原原本本地说给他之后，他说："这事果真有点复杂，但也不是不能化解。我想'解铃还须系铃人'，堡垒还是想办法从内部攻破吧？"

他帮我分析了情况，如此这般地做了建议。静静这边，她母亲李婉贞是一心向着她的，她的姐姐姐夫也支持她，只不过碍于老辈人的面子，不便公开表态罢了。她父亲田跟牛其实是脚踩两只船的。只要他得知了自己的身世和女儿坚决的态度，他是不会无动于衷的。剩下田安奇、安奇珍（荀腊梅）这对古稀老人，只要挑明情况和事理，他们也不会坚持自己意见的。他们是过来人，是能够体会到一对青年恋人的苦衷的，也许会考虑"曹操不该死，落个大人情"的。我这边的事情，明摆着是奶奶说了算的。父母亲和爷爷其实并不在意过去的事情。朱副总经理的话提醒了我：就在她父亲田跟牛和我奶奶身上找突破口吧。她和他既然是亲亲的姑侄关系，还能看着事态向着不利于后辈的方向发展？

我打电话把朱总的想法告诉了父亲，给家中打去了两万元，请他们出面想办法与田跟牛联亲，最好能想办法让他与奶奶见面，只要她和他姑侄相认，事情就好办了。他是康家的骨肉，他能六亲不认？

功夫不负有心人。静静的父亲田跟牛终于在一个名叫马成的人的牵线下，来到了县城，与早已约好的父亲和奶奶见了面。奶奶的哭诉自然是血泪交流惊天动地的。马成也透露了当初的一些情况。这个马成不是别人，正是当年为田安奇和安奇珍牵线的马三旦的儿子，这就应了“解铃还须系铃人”的话。他与田跟牛是好朋友。田跟牛其实早就听说过自己的身世，这次听了姑姑实实在在的哭诉，就爬在地下给我的奶奶（他的姑姑）磕了头，表示要改田姓为康姓。说来也巧，就在这事情发生后不几天，田安奇就患了心肌梗死，不久就去世了。他已经是七十又八的老人了，也算是寿终正寝。

我与田静静呢？自然是有情人终成眷属。

（2011年11月初稿。获庆祝宁夏回族自治区成立60周年征文小说类三等奖）

·短篇小说·

# 走雪山

主仆双双逃奔忙，担着惊来受着慌；

枪刀林里向外闯，虎口里逃出两只羊！

冬天的乡村戏台上，一对老男少女相互搀扶，艰难行进。从他们的唱腔和动作中，就可以领悟到当前的情境：绵延百里的广华山，北风裹着大雪，飘飘洒洒，铺天盖地，严寒使他们不堪承受。一位银须飘洒、步履蹒跚的老生，身背娇小惊恐的一位小旦，边唱边行进，形成了一个接一个戏剧造型。最后，老生脱掉了外衣，披在小旦身上，而他自己却被冻僵，直挺挺倒在戏台上……

这是我在少年懵懂之时演出过的一出秦腔戏《走雪山》，这出戏是《义仆忠魂》全本戏中的一折。我演小旦曹玉莲，堂哥世明演老生曹福，因为我对戏文内容感受颇深，演出投入，这出戏就成了我的“保留节目”。后来多次演出，有时候我也演老生曹福，所以那个悲壮的场面会时不时地萦绕在我的脑际。要不是执着于这出戏，我人生的下一步可能会另写。

世间的情事啊，有很多奇异之处，总会有相似的事情发生。

80年代初，我正当年华，在偏僻封闭的狼岔小学教书。我与妻子约好了，两周回一趟家。妻子所以眼巴巴地等我回家，主要是准备着家务活儿，家里吃的面所剩无几，她抽空筛簸了粮食，等待我用架子车拉到磨面房里磨；夏天，要给庄稼地里淌水、施肥、拔草；到了冬天，烧炕的灰也积攒了不少，要往大田里送。家务活儿是做不完的，总会有活儿等着。还有，村子里冬天要排演社火，要我指导。当然，这个差事妻子是不操心的，她其实是很反对我半夜半夜地熬在那个冷冰冰、脏兮兮的土戏台上的——试想：两个星期才回一趟家，白天干完家务活儿本来是很累的，又闹腾半夜，哪有时间和精力钻进热乎乎的被褥筒筒里消受？

后者在我们两人的意识中才是最为渴求的。

冬天的天气短，周末半天上课，下午就可以回家了。我的家在五十里开外的将台堡。我收拾完简单的东西，推着自行车，出了校门，就蹬上车子，箭一般地冲下校门外的那段斜坡——这也许就是“归心似箭”吧！

骑上车子，我才感觉到了与往日的不同来。往日，下坡时根本不用脚蹬，车子仍然会奋力冲刺，有时不得不用双手拉闸，以减慢速度。可是今天却遇到了顶头风。西北风卷着沙尘，迎面刮来，刺激着面颊。尽管戴着暖帽、手套和口罩，但我还是经不住刀子般的寒风刺击，尤其是两只耳朵，仿佛刀割一般疼痛。我才意识到，天气骤变，温度大降。拐弯处，我不得不拉闸停车，把自己重新护理一番。我放下暖帽的护耳扇，绾结在下巴处，又将羊毛围巾在脖子上缠绕了一圈。这时，天空飘起了鹅毛般的雪花，看样子，要下大雪了。如果再不抓紧赶路，按擦黑是到不了家的。我紧赶慢赶，进入了那段后趟湾。这里有一条小河，已经结了冰，骑车子是会打滑的，我只好下了车子，推车子过了冰河，正要上车子，一扭头却发现有人迎面走了过来。

是一个女人。她上身穿着一件紫色棉袄，胳膊上套着一对青色护袖，一只包袱斜挎在右肩上，下身穿着青布裤子，脚穿一双八眼平绒鞋，头上是一顶方格花头巾，两个下角十字交叉地勒在下巴底下的脖子上，头巾苫得很低，以致看不清她的整个脸面。

看样子她已经走了很多路，显得风尘仆仆，走路不得劲，一瘸一拐的。她看到了我，似乎来了精神，努力跛着脚向我走近，其实几乎是向我扑过来的，如同一只受伤的小鹿。

我警惕起来，诧异地观察着她，猜想她的来意。

“大哥，求你带我一程，我走不动了……”声音怯怯的，带着哭腔。

尽管声音很轻，我还是听到了清纯，还有几分稚嫩。她是个少女。

“你到哪里去？家在哪个村？你的家人呢？腿脚是咋了？”我提出了一连串的疑问。

她迟疑片刻，嗫嚅着说：“我的脚上打了血泡，走不动了。要下雪了，我害怕得很……”

我听得一头雾水。

这时候风刮得更猛了，雪花铺天盖地而来。

是啊，在这样的天气里，在这样偏僻的大山深处，前不接村，后不着店，她一个女孩子，咋能不害怕呢？我没有多考虑，就说，大雪来了，我捎你一程吧，你要去哪里？

她说：“我要坐班车，请大哥把我带到那边的公路上。”

我立稳车子，扶她坐了上去。我让她抓紧我的后衣襟，就蹬起车子飞奔。

大风夹杂着飞雪迎面扑来。

燕山雪花大如席。在这狼岔的后趟湾，我得到了印证，真有飞雪压城城欲摧的感觉。我相信，读者一定会联想到树枝树杆电线电杆被积雪压断的情景。如果变成倾盆大雨，这里现在肯定会平地三尺浪，迅速成为江河的。

骑车子再带一个人，在大风雪中行进是很吃力的。我猫着腰，努力蹬着脚踏。西北风好像有意与我们为难，风婆婆竭力兴风作浪，张开风扇阻止着我们的前进；大雪越积越厚，车子不时打滑。有些地埂下，堆起了厚厚的雪墙，骑车子是没法行进了，只能下了车子走路。踩到雪上，整个脚便陷进雪里，鞋鞠子里马上就灌进了雪，冷冰冰的。好在我穿着“回力”球鞋，紧系着鞋带，鞋子是掉不了的。一开始还可以推着车子走，可是走着走着，就没路了，积雪覆盖了路面，与四周浑然一体，车子推不动了，只好扛起来往前走。

那个女孩子（我还没有问她的名字）只好跟在我身后，踩着我的脚窝艰难行走。要不是她穿着八眼鞋系了鞋带，估计鞋子早就掉到踩下的雪坑里了。走着走着，她就跟不上了，只见她每走一步，都咬紧牙关，脸上露出极其痛苦的表情。她终于发出了声音：“大哥，我实在走不动了，你走吧……别别别管我了。”

她说着就一屁股坐在雪地里了不动了。

我回头一看，哎呀，她踩过的脚窝竟然是红色的，她的脚上流血了，渗出了八眼鞋，白雪印上血红，那是够显眼的了。看到这些，我的心里本能地颤动起来：这可怎么办？

我抬头四顾，四周笼罩在漫天鹅毛般的飞雪中，白茫茫、灰蒙蒙的。附近没有村庄，没有鸡鸣狗咬，只听得寒风“呜——呜——呜”地从耳边掠过。天色阴暗下来了，我抬腕看了看手表，显示屏上指针接近“6”。马上就要天黑了。这里距离公路还有将近三十里路程。显然，靠两只脚在雪地里步行是不行的。我倒能将凑，可是她呢？

我又低头看了看她的脚，她脚下的雪被血渗透了一片，红得令人发怵。她说是脚上打的血泡走路创破了。

这时，我才后悔起来：怎么就遇到了她呢？为了她，我骑不成车，赶不了路。如果她有什么不测，我可如何处置呢？

唉，大风天气，她如何一个人离家出走呢？她会不会是《聊斋》中的什么精灵化身呢？哎呀妈呀，我本能地吓得打了一个寒噤，觉得头发顿时竖了起来！

这时，只听得她嘤嘤地哭了起来，哭得很是伤心。看她这样，我又心软了。她是个少女，是货真价实的人，不是什么精灵妖怪。

我想起了《走雪山》戏里老曹福为玉莲小姐扎鞋带的情节，就说："得赶快包扎一下，把你的护袖和头巾取下来吧。"

我没等她同意，就动手撕下了她胳膊上的两个护袖，又交给她，让她脱掉鞋子包扎创口。我让她解下头巾，她说害怕冷。我立即解下了我的羊毛围巾，换下她的那方花格头巾。当她颤抖着手解鞋带脱鞋子时，发现鞋子已经冻在脚上，脱不下来了。

要是再不想办法，我们这一对素昧平生的男女，冻死在雪地里无疑。求生的本能使我做出了超乎寻常的举动：抛弃车子，背着她赶路!

我锁了车子，放倒在雪地里，然后蹲下身子，示意她爬上我的脊背。

她似乎不明白，也不相信我会这样做。她连连摆摆手，头摇得很厉害，连连说了几个"不"。进而指着倒在雪地里的自行车，意思是：那辆车子怎么办?

我明白了她的意思，提高了嗓门说："命都保不住了，还可惜什么车子？走！再不走就要冻死了!"

她顺从地爬上了我的后背，我回头看了一眼我的那辆车子，狠了狠心，叹了一口气，就向公路方向走去……

曹福老汉也是这么背着主人玉莲小姐翻越广华山的。

"小姐莫要再任性，老奴保你到大同。"

官府里大门不出二门不迈的娇贵小姐曹玉莲，逃脱了虎口，来到了绵延百里的荒郊野外，一会儿喊渴，一会儿嚷饿，一会儿又叫嚷脚疼，一会儿又言说胆怕。曹福这位家院身份的仆人，这时只能是毕恭毕敬，小心伺候。过河了，他背着她；越涧了，他扶着她。谁料祸不单行，屋漏偏遭连阴雨（雪）。好不容易闯过了激流险滩，躲开了狼虫虎豹，却遇到了雪从天降。大雪很快封住了山路，仓皇逃离家园的主仆二人，衣服单薄，食不果腹。执着的曹福便脱下自己的衣服，为女主人御寒。

我一边背着她艰难地行走，一边胡思乱想着往事。脚下发出“咯吱、咯吱”的踩雪声音，背上的她也把热气呼到了我的脖根上，尽管是游丝般的微弱，我还是感觉到了她沉重的气息。

在与世明哥演出这戏时，我爬在他的脊背上，只要鼻子稍一贴近他的脖子，便会嗅到一股汗腥味。那么此时背上的她会不会也感觉到了我身上的汗腥味呢？我平时喜爱体育运动，流汗是避免不了的。今天骑车子折腾了一番，肯定也有汗腥味。我下意识地回头看了看她，想观察她的感受。不想一转身，她的鼻尖和嘴唇便挨到了我的后颈上，差点儿与我的嘴脸碰到一起了，感觉热乎乎的。也许是天气太冷了，我竟然乐意感受这热乎乎的气息。也许她感觉到了“男女授受不亲”，立即移开了鼻子和嘴唇，热乎乎的感觉立马消失了。

真好笑，去年的元旦，我还与乡文化站的老韩演过《走雪山》呢，也嗅到过他身上的味道。不过老韩脖子上的气味有股淡淡香皂味，说明他上场前清洗过头发和脖子。

巧合的是，我们演到要紧时，天空竟然也下起了纷纷扬扬的雪花。只听得台下观众喝彩：这一对公家人演出《走雪山》，感动了老天，老天显灵了。下雪了，正好缓解旱情。

也许老韩也听到了观众的话，就来了精神。要为主家小姐脱衣御寒，演出中只是象征性地脱掉外袍，披在女主人身上就是了，可是老韩却动了真格的，只见他脱掉了外衣黄袍子，又脱掉了内衣箭衣和垫肩，再脱掉了衬衣，一件一件地披在我扮演的曹玉莲身上，最后甚至连背心也脱了，光着膀子，只剩下彩裤和靴子了。他挥洒着银须，绕场一周，意在表演他在雪地里冷冻难挨的情节。他唱着“不冷不冷实不冷，背过身儿战兢兢”。一阵踉踉跄跄，然后一个鲤鱼打挺，直挺挺地躺在戏台上了。

在上台前化妆时他说了一句，今天咱们要演出特殊效果，你可要好好配合哩。我们是老熟人，业余演出也不怎么讲究常规，往往在演出中表现一些戏剧情节以外的插曲，这次我不知道他要如何表现“特殊效果”呢？我就点头应诺。没想到他会这样较真。

在他一件一件脱衣服的时候，我的脑子里急骤地梳理着对策。当他躺在大雪天冰凉的水泥戏台上的时候，我心里想到：好啊，你就好好躺着吧！

我没有像以往演出时那样，在惊慌失措之后立即为他掩埋尸体（让他尽快进入后帐），而是凭想象做戏。

老天降下杀人的雪，我的老哥哥啊！
老哥哥为我把衣脱；
为人都是娘生养，那是曹福哥啊！
怎能他死让我活？

在唱了头一句之后，我启动尖板嘹子，又带了喝场子。然后挥动水袖，绕场一周，几次走近躺倒的曹福身边，显得欲近胆怯、欲罢不能的样子。这样其实也符合剧情，一个官府小姐，遇到这样突如其来的事情，她会惊慌失措的。

这样磨磨蹭蹭地做戏，可苦了老韩。他不时稍稍抬起头，小声示意催促：快点快点，受不了啦！

我才不管呢，你就定定躺着感受吧。我仍然意犹未尽地做着戏。

老韩终于坚持不住了，就一跃身子，拖着光膀子进入了后帐，惹得台下观众哈哈大笑。为此，他得了个“韩冷”的外号……

我脚下一滑，差点儿摔倒了。这才回味过来：如今这样的境况，我竟然还能回味这些往事？我痛苦地摇了摇头。一阵恐惧感蹿上了心头！

往日戏台上的《走雪山》今天成了真正的“走雪山”。

后背上的她突然提醒我：“大哥，那边山上好像有个房子……”

我顺着她说的方向望去，果然，在朦胧的山腰里凸起一个大雪包，平时路过时，那房子很不起眼，如果不刻意观看，是注意不到的；今天盖了雪，仿佛屋顶增高了一样。那个大雪包前面有棵树木，光秃秃的树枝上也落满了雪，成了雾凇。树木旁边有一抹黑色，从那与众不同的黑色来看，那是房子的窗户。

我如同在大海中迷失了方向即将倾翻船只的艄公看到了光明的灯塔和救命航轮一样，顿时感觉一阵轻松。心想，她也是如此吧！

可是，山坡被积雪覆盖了，无路可走。

她发话了：“大哥，你放下我，我们走上去吧！”

只能这样了。我要牵她的手，可是她的手没有伸过来，而是本能地背在身后，她说要腾出手扒拉雪。

她实在是低估了这个短坡和这积雪，刚刚扒拉了几下，手就冻得受不了，只好伸进衣襟下面暖暖。

我是男子汉，是她口口声声叫的“大哥”，我不能装熊。我要像老曹福那样保护她。我戴着棉布手套，扒拉着积雪，这样还管用，她也将护袖裹在手上，学着我扒雪开路。这样动作了一会儿，浑身感觉到了热量，就这样，我们扒拉一会儿积雪，又行进几步，艰难地爬上了半坡。房子的双扇木板门是半开着的，我们就推开门钻了进去。

这好像是一间看护山场树木的房子。我掏出打火机打火一看，里面盘有一铺土炕，土炕上还铺着一页破席，地下有一堆羊粪，还有几节干树枝，树枝半截有火烧的痕迹，黑乎乎的。

刚一进房间，她从肩膀上解下包袱扔在炕头，就“哎呀”一声躺在土炕上不动了。看样子，她实在累极了。

也许是进了房间，也许是刚才劳动活动了筋骨，这时候觉得有了暖意。看到了树枝和羊粪，我就想到了生火御寒。幸好，我的衣兜里装着纸烟，也带了打火机，这下可以派上用场。我点燃了茅草，又点燃了树枝，屋子里立即亮堂起来，也暖和起来。看来，今晚得在这里过夜了，我就努力点燃了树枝，把地下乱堆的茅草杂物都拨拉进火堆。这时，麻木的脚开始疼痛。我就想着用火烤冻在脚上脱不下来的鞋子，也想让她烤一烤脚，以便脱下鞋子，让脚暖和暖和。当我让她也烤烤脚的时候，她突然翻身起来，大声说：“不能烤，不能烤。”她边说边推开了我伸向火苗的脚。

她说她奶奶曾经告诉过她，冻僵了的手脚千万不能立即用火烤，也不能用热水烫，而要是用冷水洗，用冰雪揉搓最好。我头一回听到这样的说法，表示怀疑。本来就受了冷冻，怎么还要雪上加霜？

她喃喃地说出了一个故事。说是她听奶奶说过，爷爷早年为了躲避兵役，在雪地里冻伤了手脚，冷冻难耐的爷爷就照样在一个崖窑里生火取暖，结果烤得过量，造成了左脚坏死，落下了一辈子残疾。这件事对她来说一直铭刻在心。进而她说：“不信可以试试看。”

说着，她拿了刚才扒拉雪的那对护袖套在手上，走出了屋子。她刚一开门，便有一股冷风卷着雪花扑进屋里，火苗也被风雪吹起了火星。

她捧了一大捧雪，放在地下的一块破席片上，然后出去又捧了一捧雪。她让我坐在炕头，将两腿垂下。她让我脱掉鞋袜，用雪搓洗脚。我将两只脚并在一起，相互磕了磕，脚上的冰雪像泥皮一样脱落。这样一磕碰，双脚很是难受，说疼不光是疼，说麻不只是麻，说烧不仅是烧，兼而有之。我努力了一番，在她的帮助下，好不容易脱掉了鞋袜，一股脚臭味道就立即钻入鼻孔。我觉得有些尴尬，正要重新穿上鞋袜的时候，她却已经抓着一把雪抹在我的右脚上，一阵冰凉侵入内心，使我本能地打了一个寒噤。她又抓了一把雪敷在我的左脚上，然后用手轻轻地揉搓起来。

这时，我才感觉到烟瘾靠了，就掏出兜里的纸烟，打火点燃。我深深地吸了一气，烟头在暗屋中一闪一闪的，屋内的一切也在烟火中显现出了朦胧的轮廓。

看到我抽烟，她提醒说："噢，包袱里还有馍馍哩，大哥你吃点吧？"

这时我才感觉到真的饿了，就说："赶快取出来，真的饿了。"

她用嘴示意了那边的包袱，说："我的手……嗯，腾不出来，大哥你自己取吧。"

我就抓过包袱，取出了饼子。包袱里除了几个硬硬的饼子，还有一些女孩子用的东西，有梳子、小圆镜，还有一条单裤、一双袜子和几个小盒子。我心里觉得好笑，她还带着这东西？

饼子是莜麦面烙的干炕子，结实，不易碎，吃了也耐饿。我把一个饼子掰开，把另一半给她："给，你也吃，一定饿了吧？"

她摇摇头，说："我不饿，不想吃。大哥你吃。我自己烙的。"

饥饿虫子噬咬着我，我顾不了许多，就掐掉嘴上的烟，大口大嚼起来。

她仍然低下头用心地揉搓着我的厚脚板，一会儿揉搓左脚，一会儿揉搓右脚。一开始，她的手很轻很轻，慢慢地搓着，揉着，渐渐地就用劲了。雪在肉脚上很快化成了水，她又抓了一把雪用力揉搓。搓着、揉着，冰凉的雪到了肉脚上，一阵刺骨的冰凉之后，便渐渐由冰凉到温润，慢慢开始发热，疼痛更加加剧。这样反反复复地揉搓着，我一开始的别扭渐渐消除。捧来的雪几下就用完了，她又出外捧来了两捧，再次敷在脚上揉搓，搓了脚面，又搓脚底，再把十个脚趾头逐个儿揉搓了一遍。这时候，感觉不怎么疼痛了，而是有些舒服。是的，在家时，有时候是妻为我洗脚，洗的时候偶尔也揉搓一下，但却没有这样用力，自然没有今晚特别的感觉。

我吃着莜麦饼子，想起家里的莜豆面馓饭。冬季，天气冷，做其他饭不方便，妻总会做这种很容易操作的饭食，一次两次还觉得上口，可是顿顿吃这样的馓饭，就有些腻味。可是，今晚这莜麦面馍馍却是如此可口。一个饼子吃完了，我又伸手取了一个。这次我没有独享，而硬是将半块饼子强塞给了她。

看着她小心翼翼地啃着饼子，觉得她的吃法竟然有如妻子模样。这个时候，家中的妻子在做什么呢？我们约好的，如果没有特别工作任务，我每隔两个星期便要回家一次。此时此刻，她肯定还在灯下做针线。其实她劳累了一天，早该睡觉休息了，但她算着我今晚要回家，应该是在借做针线等候我的。是的，她在等待那个突然敲门的声音，在渴望那个吃了饭脱衣上炕的时刻。在冬夜那个温暖的火炕上，铺着柔软的毛毡毛毯，盖着散发出肥皂味的绸缎被子，缠缠绵绵……

今晚，迟迟不见我回来，她会怎么想呢？她如何也不会想到我在大雪封堵的山里的破房子里的，更不会想到我是与一个陌生的少女单独相处在一起的。

那女子的手用力地在我的脚上揉搓，我似乎有了冲动。要不是在黑暗之中，她肯定会看到我阢陧的神态。

唉，特殊的雪夜啊！

“大哥，感觉咋样？”她抬起头问我。

我的思绪立即从回味中跳了出来，言不由衷地说：“好呢，舒服呢……”

“那就再搓一阵吧。”她说。

我突然想起，也应该给她揉搓揉搓伤脚，就说：“好了，好了，谢谢你。我也给你揉搓揉搓吧？”

她仍然抓着我的脚跟，用力捏了一下，生怕它从她手上滑掉。一边揉搓，一边小声说：“我奶奶说，要多揉搓一会儿；搓得冒热气就好了。”

其实，我也想让她继续揉搓。

我又点燃了一支烟，闭上眼睛，感受这特殊的享受。

渐渐地，羊粪和杂物的火势降低了势头，有了寒意。我要再添燃烧物续住火籽，就让她停止了揉搓。湿湿的袜子还在靠火堆的炕头烤着，只好光脚蹬上鞋子。

我在地下又扒拉了一些柴草和羊粪，推进火堆。

我再次对她说：“也给你揉搓揉搓吧……”

她似乎点了点头，刚要站起来出门捧雪，我制止了她，说：“你解开鞋带把鞋袜脱掉吧，我去取雪。”

我用戴着手套的双手接连捧了好几捧雪，堆在刚才她堆雪的席片上。

此时她已经坐上了炕头，吃力地脱鞋袜。解开八眼鞋带之后，鞋子仍然脱不下来。我就帮她脱。鞋子还冻在脚上，袜子也与破了的血泡紧粘在一起，稍一用劲，她就疼得呻吟。

她咬着牙说：“嗯，大哥，你给我脚上放点雪吧。”

我就捧了雪敷在她的两只脚上，她就弯着腰抓雪为自己揉搓脚。

看她很吃力的样子，我就说：“你坐好，我来给你揉搓。”

她执意地说：“不不不，咋能让你给我揉搓臭脚呢？我自个儿来……”

她一边开始揉搓自己的脚，一边喃喃地说："我这脚不比你的脚，打了血泡，得小心揉搓，慢慢来；你们男人手重，会搓疼的。"

嗯？她是担心这个呢，还是另有想法？

她低头揉搓着自己的脚，终于，鞋袜也被慢慢地脱了下来。血泡被雪水刺激了，发疼了，她便轻轻地"哎哟、哎哟"地呻吟。想到了血染积雪的情况，我的心也本能地颤抖了一下，提醒她说："血泡破了疼呢，你小心点。"

她"嗯"了一声，仍旧低头揉搓她的脚。

我打了火机为她照亮。

她连忙"噗"地一声吹灭了火机，轻声说："臭脚丫，难看得很。"

我觉得有些尴尬。不知不觉地联想到了《走雪山》的情节。

广华山上，曹玉莲小姐叫嚷足疼，无力行走。老曹福就提醒她将扎脚带子松放开。曹玉莲唱道：

> 老哥哥你把眼儿埋，且将装束另安排。
> 扎脚的带儿松放开，轻轻挑动花绣鞋。
> 闺中的样儿将它改，放开脚步往前挨。

官府小姐，在这样的险恶环境下，三寸金莲都不让男人看到。

但她哪里知道，冒死护送她的"老家仆"曹福，其实是一个年轻后生。

这是明朝的故事。就在魏忠贤派了三千武士抓捕曹模全家人抄斩之时，曹玉莲的绣阁门突然被撞开了。来者是一位鹤发童颜的老家院。他二话没说，就将一件男人穿的马夫衣服披在了她身上，又将一顶毡帽扣在她的头上，把她装扮成男人。老家院立即挟持她出了绣阁，又从后门逃离。曹玉莲成为曹府唯一的幸存者。老家院就是曹福。曹福早年父母双亡，是天官曹模收养了他。就在魏忠贤篡夺皇位，召集文武百官上殿签名画押之时，曹模义正词严地拒绝，并陈说厉害，遭遇满门抄斩。曹福眼看忠厚的曹门面临灭顶之灾，就趁黑夜救出了玉莲小姐。深受“仁义礼智信”影响的曹福，为了便于途中照顾女主人，便以白面敷在头发上，沾染成胡须，装扮成老家院模样。这就是“曹福走雪没老汉”之说的缘由。这样就避免了“白昼间主仆好作伴，到晚来一处怎安眠”的尴尬。

可是，我是如何摆脱这男女单独相处的尴尬呢？

她突然问道：“大哥，你晓得《走雪山》吗？”

我随口说：“知道一些。怎么你也知道《走雪山》？”

她抬起头，停止了揉搓动作，说：“晓得呢，我还唱过这出戏。我演小旦曹玉莲。”

嗬，她也演过《走雪山》，还跟我演一个角色？不过，我有时候也扮演老生曹福，她不会吧？

我试探地提议：“真的巧了，那你能不能给咱唱一段呢？”

她迟疑了片刻，轻声说：“我怕唱不好。你听了不要笑话。”她轻轻地吟唱起来：主仆双双逃奔忙。

我连忙接上唱下句：担着惊来受着慌。

她又接上唱：枪刀林里往外闯。

我再接上唱：虎口里逃出两只羊！

她继续接唱：曹玉莲倒在大道上。

我继续接唱：老曹福把大气扬上几扬！

她没有再接唱，而是称赞道：“大哥你也会唱，比我唱得好多了。”

我说：“其实，我是唱旦角的。老生不如旦角拿手。”

她喃喃地说：“要是我们能够在一起唱一次《走雪山》多好。”

我接上说：“其实，我们今晚夕就实实在在地唱了一次《走雪山》哩。”

她说：“也是。”又说，“大哥，你就像那个老曹福。”

我接上说：“那么，你像不像那个玉莲小姐呢？”

她嗯了一声，说：“又像，又不像。”

我连忙问：“怎么个又像又不像呢？”

她唉了一声，没有回答。

我努力回味着她的话，脑子里打着问号。对了，她究竟是谁呢？为何要在大雪天离家出走？

“我叫李三毛。我要去亲戚家……”她终于告诉了她的名字，但仅此而已，再问她情况，她便缄口不言，显得焦躁不安的样子。

揉搓完了脚，她用护袖擦拭了雪水，又从衣兜掏出手绢，“嗞”地一撕两半，分别裹在两只脚上，又从包袱里取出了那双丝绒袜子套上，穿好了鞋子，就蹲在炕头上了。

那堆羊粪燃起的火籽也渐渐熄灭了，屋子内开始发凉。

“大哥，我害冷，我害怕……”她说着向我这边靠了靠。

“我也害冷。再坚持一会儿，天亮了我们就赶路。要不你把我的衣服盖上吧？”我说就动手解衣扣。

“不，我不要。你也冷呢。不能让你冻着。”她阻止了我，又往我身边挪了挪。

我感觉到了她急促的呼吸——她呵出的热气直冲我的面颊。

“大哥，我的手冻僵了，麻木哩，我想在你身上暖暖手……”她颤抖着声音说。

我摘下了手套，递给她，说：“那你把我的棉手套戴上吧。”

她说：“手套不管用。我想在你身上暖和暖和。”

她说着就把手伸向我的衣襟，试图从衣襟下面伸进去接近我的肉体。我连忙双手抓住了她的手，说：“我给你用手暖和暖和吧？”

她没有再挣扎，而是顺势躺在我的怀抱，任凭我抚摸她的手。

我感觉到了她异样的举动，本能地把身子往后仰了仰。

她说：“大哥，听说两个人在一起就不冷了……”

我说：“我们这不是在一起吗？”

她说：“不是这样，要搂抱在一起。我奶奶说，肉挨肉，冻不透……”

“啊？！”她怎么会说这样的话？我下意识低头看了看她的脸，虽然看不清她的表情，但传来急促的呼吸还是给我传递了某种信息。我说：“男女授受不亲。曹福他们走雪山的时间，也不是这样的。再坚持坚持，天亮了就好了。”

她叹气说：“唉，我倒希望天不要亮了，直黑着……”

我说：“一直黑着？那不把人冻死了？”

她叹气说：“冻死了干净……”

她越是这么个态度，我越想知道她的来龙去脉。在我的一再追问下，她终于说出了实情。

“我才十八岁。我不愿意家里包办的婚姻……支书的儿子是个瓜子……”

听了她断断断续续的诉说，我才觉得我的行动有些唐突。她是逃婚的，要是让她家人和婆家人知道了，我岂不卷入天大的是非之中？

我的担心终于由她亲口说了出来。

“大哥，你是好人，我跟你过吧？”她说。

“那怎么行？”我的态度很坚决，“我是有家有舍的人，你不要胡思乱想。”

她像没有听到一样，努力地将她的双手从我的手中挣脱，摸索着向我的衣襟下面伸去。如果任凭她这样深入下去，“下一步”将会发生什么情况呢？

不，不能再有“下一步”。我倏地站立起来，与此同时也拉住她的手，让她也站立起来。

我说："咱们接着唱《走雪山》吧?"

我不管她乐意不乐意，就跳下土炕，在窄小的房子地下舞动着身子演唱起来，我选择的是最关键的情节：

为人就该为到底，我若走脱她奈何?
手拉姑娘出雪窝，我与姑娘把衣脱。
假意装作不知冷，背过身儿战索索!

三毛也接唱起来：

老哥哥把衣脱给我，天寒地冻怎奈何?
难道说我冷他不冷，老哥哥你是铁打成?

我又接上唱道：

虽然间不是铁打成，怎比你时常在闺中?
老奴我不冷不冷实不冷，背过身儿战兢兢!
叫姑娘赶快往前行，我领你大同去搬兵。

我们唉唉嘁嘁地边做边唱，不知不觉屋子里亮了起来。我一看手表，时间接近五点，我推开房门，一抹亮色展现在面前，风停了，雪也住了。我突然意识到，如果太阳出来，冰雪融化，路上肯定泥泞难行，三十里的路程如何行走?如果再走不了，我们一对青年男女单独待在这间小小屋子里，说不定会发生不该发生的事情呢。"走，尽快离开这里吧。"我提出了我的想法。

三毛听了，似乎不太愿意就此离开，喃喃地说："天气还早呢，再待一会儿，我害冷呢。"

我坚决地说："一刻也不能待了，太阳出来雪消了就不好走了。走!"

我抓起炕头上她的包袱递给她，戴上了手套和口罩，围了围巾，毅然决然走出了那间小房子。

与此同时，她也装束了一番，回头扫视了一下屋子，跟随我走了出来。

刚一出屋子，她突然惊叫了一声："哎呀，大哥你看，那是什么?"

我顺着她的手指一看，在靠窗户跟前的雪地上，印着一串串、一坨坨动物脚印，有的呈梅花形，有的连成一片。看样子，这只动物在这里驻足了好大一会儿呢。它是什么?是狗是狼，抑或是狐狸、豹子?这里没有人家，不会是狗，那么是什么呢?

我环顾了四周，仍然是"山舞银蛇"，白茫茫一片。那一串脚印向山顶延伸而去。为了引起她的警觉，我提醒说："那家伙还没有走远。我们赶快走吧，要是它返回来就麻烦了。"

三毛听了，果然一把抓住我的手，催促我赶快离开。

下了坡，我发现我的车子还在，只不过被积雪覆盖了，只露出手把。

我如获至宝，赶紧拉起了它，把它扛上了肩膀。

我们仍然学着昨天的样子，一步一个脚窝地行进。

三毛一改昨天的拘束和沮丧，一边跟着我的脚窝行走，一边不时会提出一些问题。

她提到了那些动物脚印："大哥，你说那是个啥?"

我故意吓唬她，说："大概是狼。这里是狼岔，大雪天狼会出来觅食的。"

她连忙抓住我的后衣襟，又问道："那只狼为啥没有进屋子吃掉我们?"

我说："狼是有灵性的动物，它不吃有爱心之人……"

我为自己随机编造的谎言而暗自发笑。不过，她提出的问题也是值得思考的：如果是饿狼觅食，为什么没有铤而走险冲进屋子呢？甚至连刨门打窗的惊扰也没有，而是悄悄离开？

三毛说出了她的猜测："或者是我们的歌声吓唬了它，或者是屋子里的烟火熏了它？"

也许是这样，又不是这样。

总之，这一个特殊的夜晚足以让人回味无穷。

我没有送三毛到公路上搭乘班车，而是将她送往水岔湾她的姑妈家。

不过，从此以后，我会隔一段时间收到她的信。她的信一写就是五六页，甚至七八页，虽然字儿写得歪歪斜斜，也是错别字满篇，但意思还是能辨识清楚的。她说得最多的话是，她忘不了那个雪夜；她最为值得欣慰的是那次为我揉搓脚丫子；她最希望的是，有朝一日，她与我结结实实演唱一回《走雪山》。

她的最后一封信竟然来自云南玉溪，她说："我终于成了虎口里逃出的羊……"

（原载于《六盘人家》2019 年第 3 期）

# 儿子娃娃

“徐市长，你是个儿子娃娃!”

听了这话，徐昕心中顿时涌上一股怒气!

他活了半辈子，还没有被人这样当面辱骂过。

“儿子娃娃”是西海固常用的俗语，意为“真正的男子汉”。当地人懂，可来自外地的徐昕却不懂。他把这句话与“儿子”“孙子”之类的骂人话联系在一起，难怪他生气。

他想发作，想质问：你为什么出口伤人？我哪点对不住你？我一个百万人口的地方官员，虽然没有像焦裕禄、郑培民等干部那样鞠躬尽瘁，但也是“一枝一叶总关情”啊！扩大城市建设规模，改造城乡结合部的脏乱差现象，充分开发整合利用土地资源，这是利国利民的好事啊！对你苟生旺来说，也是做到了仁至义尽啦——不是吗？一个小区五十八户人家，五十七户经过教育动员、经济补偿，都同意搬迁，唯独你老苟按兵不动。城建乃至政府主管领导做工作不听，按照全区最高标准兑现的补偿款不领……这还不说，整天进东家串西家地游说，鼓动别的农户暗中与政府较劲……嘿，最气人的事还有呢。他四处租来砖头、水泥、椽子檩条，叫来民工，夜以继日地赶工盖房子，要求政府也给予补贴。用他自己的话说，就是他很会算计。这回又要算计政府。不行，这种情况给谁谁能听之任之，不依法拆除怎么服众呢？违法建筑是强行拆除了，是自己现场指挥拆除的，自己还亲自动了手。当时的老苟可凶了，又是骂又是闹的……可是，拆归拆，但政策总还是要兑现的。给他家与同村人一样的标准给予了经济补偿，按差价安置了楼房，全家人转办了低保，一个儿子和一个女儿又介绍到闽宁对口的劳务企业工作。作为一任主管城市建设的副市长，做得够可以了吧？

徐昕越想越委屈，越想越生气。应当问问他：你还讲不讲良知？你还要政府怎么样？

可自己毕竟是一市之副市长，与一个没有多少文化素养的农民较劲划算吗？那等于是“秀才遇上兵”。忍了吧，这样的误会和委屈还少吗？

徐昕毕竟是有感情的人，他的气愤还是溢于言表。当苟生旺说着“这回我没有算计过政府”的话笑着与他握手的时候，他伸出的手分明是颤抖的，动作当然也是敷衍的。

当他闷闷不乐地离开马家河的时候，同行的建设局局长王志伟看他的脸色有些沮丧，就问：“徐市长好像身体不舒服？”

徐昕叹了一口气说：“你们这里的人怎么能随便开口骂人？我长了这么大还没有当面挨过人的骂呢。”

王志伟感到纳闷，看了一眼他的主管领导，说：“谁敢骂您市长啊？您不看老百姓都拥护您、称赞您呢？”

“称赞？”徐昕也不解地看了王志伟一眼说：“你没听见吗？苟生旺骂我是儿子娃娃呢……”

王志伟一听笑了，司机小李也笑了。

小李笑着说：“市长您搞错了，儿子娃娃是好话，赞扬您哩。”

王志伟也说：“他说您是一条汉子——男子汉……”

（原载于《固原日报》2006 年 5 月 8 日第三版）

# 换　名

李高弟和王金钱本是极好的朋友，同岁，属虎的，高弟比金钱大五个月，为兄，金钱为弟。

两家一墙之隔，一起帮工，也多时一起吃饭。高弟务菜园，金钱种庄稼，农闲时打猎。

高弟务的鲜菜瓜果下来，总要摘一些给金钱家。“媛媛，把这些青菜拿去，让你大你妈尝个鲜。”

金钱打了野味，也是隔墙高叫一声：“蛋娃，一会儿让你大你妈过来吃肉，你家就不做饭了。”高弟便同妻子带了儿子蛋娃一同来到金钱家。两个男人下棋抽烟、闲聊，两个女人便在厨房忙碌。两个孩子就在院子里捉迷藏玩。肉做好了，两家六口人便围着炕桌吃得津津有味、满嘴流油。酒自然是少不了的。

媛媛是金钱的女儿，六岁多了，长得乖巧活泼。每当她抱回李伯伯家鲜菜瓜果的时候，脸蛋上还会留下伯伯胡楂刺激的微痛和痒痒。蛋娃是高弟的儿子，憨态可掬，也是六岁多，只是比媛媛小几个月，他的脸蛋上也会留下王叔叔和张姨姨无数的热吻。两个小孩子的口袋里也总是装过不少对方大人的糖果。

一家有钱，另一家就不紧困；一家的家具什物，两家共用。总之，除了老婆以外其他都是共用。

这种亲密和谐，都被他们第二个孩子的出生打破了。

金钱有了一个女儿媛媛，可是不满足，一心想生个带把儿的，于是就躲着乡上搞计划生育的干部，偷偷地怀了身孕，结果生下的第二胎仍然是个女孩。他们夫妇盼望儿子心切，经人指点，就给女儿起了一个名字“招弟”，意在招呼弟弟，下一个孩子肯定会是男孩。不料，这个名字让李高弟犯了心事。他想，我名叫高弟，你的女儿属晚辈，这个名字岂不小儿犯上？若是金钱事先打一声招呼，征求征求意见，也许是能够得到理解和允许的，毕竟朋友的后代是大事，一个人的名字嘛，重了也就重了，能有多大的事呢？金钱这边呢，也不是没有考虑，当妻子说要给孩子起名招弟时，他曾经提醒过：他伯名叫高弟，咱妞重他伯的名字不好吧？妻子张国兰却不以为然，她说：“他们有儿子，咱们正是要沾他们的光，既然你们亲得像亲兄弟一样，他也不会看着咱们后继无人啊？生根立后是大事，重点名字是小事。咱妞不重他的名字再重谁的名字呢？”这样一说，金钱也就没有当回事，心想方便时给当哥的高弟说一声。不想，慢慢地竟将这事给忘记了。他们见高弟两口子没有反应，就一天对孩子“招弟、招弟”地叫个不停。

李高弟呢，本来心里想想也就罢了，兄弟间关系太铁了，金钱夫妇生根立后是大事，他们的妞不是别人，名字重了也就重了。可是树欲静风却不止。高弟老婆尹文秀的枕边风吹得他晕头转向。尹文秀说：“他叔金钱倒没有啥，都是张国兰的主意。那个女人表面热情，其实骨子里怀有成见。她见咱们光阴好，又有儿子，心里头就不服气，就假借给孩子起名败兴咱们。听人说，小儿犯上，重了名字，大人就要倒霉。妞儿叫招弟，是想把你的魂儿招了去……”

原来，两家表面和好，亲密无间，但是两个女人之间已经有了裂缝。她们之间的裂缝不在本家，而在娘家。张国兰娘家在张家嘴头，尹文秀娘家在尹家沟。张国兰的娘家妈是尹文秀娘家妈的嫂子，她们二人也因为儿女婚事发生过过节，连带了亲戚。两个人的娘家妈心里不对付，自然时不时地向各自的女儿数说对方不是，这样久而久之，张国兰与尹文秀便受到了影响。心里有了过节，就处处看着对方不顺眼。尹文秀敏锐地发现，张国兰看自己丈夫高弟的眼神总是不正常；张国兰也觉得尹文秀夸自己的丈夫金钱身体强壮能干，暗示着某种用意，有非分之想。招弟的起名加重了双方心里的阴影。每当金钱夫妇召唤小女儿名字“招弟”时，尹文秀心里就发生“咯噔”，就会向丈夫吹一遍风：“当家的，你听见没有，人家张国兰叫你哩。”说得多了，李高弟就烦。不过，烦归烦，他还是没有过多理会，他与王金钱仍然一起吃饭、喝酒，一起下棋。

就在招弟半岁时，尹文秀也生了一个儿子。她干脆把孩子起名“换钱”。这个用意不言自明。

王金钱夫妇就坐不住了。他们才意识到两家大人面和心不和的内在原因。金钱就对妻子说：“看来他伯两口子对咱们冷漠，全都在孩子起名上，咱把妞儿的名字改过来吧？”

张国兰却不愿意，她说：“孩子的名字刚刚叫顺，妞也吉利，无病无灾的，再要改换名字，她要是不出息可怎么办？给她招一个弟弟是大事情，他伯那边给解释一下，他们是能够想通的。”

这一说，金钱就带了一包红塔山烟找高弟说明这事情。高弟还没有开口，尹文秀就抢先说：“没关系的，两个娃都重了对方大人的名字，也是驴啃脖子搔痒痒，工换工，谁也不吃亏。两家大人关系那么好，两个娃重了大人名字，也算是个纪念。”

尹文秀嘴上这么说，其实她心里是有想法的。她的想法是，哼，你家妞儿都招弟招弟叫了半年了，我家孩儿才满月，名字叫了还不到一个月，这不公平。

李高弟也说：“既然两个孩子都重了对方大人名字，都叫顺了，就不用改吧？”

两家大人关系好时，看对方什么都顺眼；相反，心里有了芥蒂，觉得什么都别扭。如果对方呼唤孩子名字声音稍高一些，另一方便就觉得心里不舒服。谁家的猪拱了谁家的地，谁家的鸡在另一家的地盘上拉了屎，都会成为两个女人吵架的导火索，进而影响到了两个男人，也影响到了四个孩子。

王金钱一看关系闹僵了，就另打了庄院，搬了家。

搬家归搬家，可是同在一个村，难免低头不见抬头见，尴尬事和打架骂仗的事时有发生。尹文秀若是老远看见王金钱夫妇，便故意提高嗓门呼唤孩子："换钱儿，换钱儿……"

张国兰也还以颜色"招弟儿，招弟儿……"地叫起来，还出言语骂孩子："招弟儿，你个杂种，咋不答应?"

后来双方干脆省略了前面的字，分别叫"钱儿"和"弟儿"。

媛媛、蛋娃、招弟和换钱四个小孩子先后上学，上学下学的路上，免不了发生口角，也常常动手动脚，吃亏的自然是两个女孩子。为此，金钱两口子没有少找村干部和学校老师，受到批评和处罚最多的自然是高弟和尹文秀两口子。

两家人这样闹腾，也影响到了计划生育。王金钱夫妇铁了心要生个男孩子，不蒸（争）馍馍蒸（争）口气；尹文秀也是要争取儿女双全，非要生个女儿不可。两家人千方百计地赌气，想方设法躲避计划生育。这样磕磕碰碰地过了几年，张国兰终于如愿以偿，生了个带把儿的。她坚信，这是"招弟"这个名字起的作用，她坚持要给新生的儿子取名"跟弟"，却被丈夫金钱骂了一顿。金钱说："两家人本来亲得像一家人，自从给孩子起了招弟这个名字，就闹成这个样子，还想闹到什么时候？你们女人家，就是头发长，见识短。"他坚持给孩子起名"三喜"。尹文秀也生了一个丫头，她也认为是"换钱"换来的。不过，既然人家儿子的名字再没有与"弟"搭边，所以她生的丫头也就避开了"钱"字，取名"娟娟"。

山不转水转。又过了好几年，三喜和娟娟一起上学，小学、中学、大学都是一起上的。他们走到一起了。其实，同在一个城市打工的招弟和换钱早就相好了，只不过碍于家人的关系，才没有公开。她和他见弟弟妹妹相好了父母也默认了，也就双双约定告诉了家人。就在三喜与娟娟领了结婚证准备旅游结婚时，招弟和换钱也向父母说明了他们的关系。王金钱听了女儿招弟的话，愣了片刻，他叹了口气对妻子张国兰说："既然这样了，我看把招弟的名字改了吧，你想想改个啥名字好？"

张国兰说："改了好是好，可是咱改了人家不改咋办？"

金钱说："咱娃改了，他们也就改了。是咱们先给娃起名的。"

三喜微笑着对父母说："我二姐早就改名了，她叫远矗，官名叫王远矗"。

与此同时，李高弟也对尹文秀说："我看把换钱的名字改过来吧。几个娃都快成亲了，叫着这个名字怪别扭的。"

尹文秀说："名字是他们先起的，他们要是改了，咱们就改。"

李高弟哼了一声说："事情到了这一步了，还讲啥咱们他们的？咱先改。"

当他把儿子换钱叫到跟前，让他改名时，"换钱"掏出身份证，嘿嘿地笑了，然后诡谲地说："我早就改了。你们起的那个名字哪能叫出口啊！"

他的身份证上写着"李扬"两个字。

·小说处女作·

# 山林里的红领巾

“当！当！当！”上课的铃声响了，虎子拖着疲惫的步子最后一个进入教室，慢慢坐在自己的座位上。他没有心思听课，只是一个劲儿地想着这几天发生的事。

前天下午放学后，虎子和往常一样，蹦蹦跳跳地向树林子走去。他老远就看见爷爷低着头蹲在一棵树下面。虎子连喊几声，爷爷没有应声。于是就轻手轻脚地绕到爷爷身后，双手捂住爷爷的眼睛。啊？湿漉漉的，爷爷流泪了！

“爷爷，爷爷，您是咋的啦？”虎子蹲在爷爷面前，双手扳着爷爷的肩膀，摇着问。

爷爷慢慢地抬起头来，回头颤抖着手指了指前面。

顺着爷爷手指的方向，前面不远的地方出现了五棵树的残桩。虎子立即跑过去，一看，木屑掉了满地，树桩上还往外渗着水珠，树桩周围的地面已经湿了一圈儿。显然，树是昨晚夕被砍的。这几棵树足有碗口粗，是这片山洼上顶好的几棵白杨树。虎子抚摸着每个树的残桩，看了看老泪纵横的爷爷，再想想造林护林的艰辛，不由得心里也是一阵难过……

当天擦黑，虎子一家早早吃了晚饭，父亲抱着铺盖卷，虎子牵着阿黑——就是那只灵性的狗，和爷爷一道出了大门，去到山林里过夜。本来父亲是不让爷爷去的，怕他老人家体弱受潮受寒，可是爷爷执意要去。

到了半夜，阿黑突然一阵猛叫。父亲立即提起了身边的铁锨，向阿黑叫的方向打去了一束手电光。三个黑影逃之夭夭。一连几个晚上，阿黑再也没有怎么叫，树木自然没有再遭劫。又过了几天，晚上阿黑还是没有叫，静得出奇。虎子爷儿仨还以为贼被震住了，不敢再来了。谁知清早一看，阿黑口吐白沫，躺在树下一动不动，死了。爷仨又气又恨，虎子流下了怜惜的泪水。多好的牲灵啊，它就这样为了集体的树木牺牲了！

爷爷仔细察看了现场，发现有狗扒拉过的小坑，还有吃剩下的食物。这显然是别有用心之人挖空心思设的毒计，趁人不注意下的诱饵。

父亲意识到树可能出了问题，就跑到那边的山洼里察看。

虎子被爷爷扶了起来。爷爷心疼地说："虎啊，现在不是哭泣的时候，快跟你爸看看树丢了没有？"

果然，在东山洼地的一个湾沟里发现了树木被砍伐的痕迹。数了数，竟有十棵哩。现场一片狼藉，树枝、树叶撒落了满地。

这十棵树和前天被偷伐的那五棵树是同一年栽的，只不过由于栽得稠密，不如那五棵树粗壮，不过当椽子正合适。这些树有五棵是用斧子砍伐的，有五棵是用锯子锯的。如此多的树被偷砍了，爷仨怎么就连一点动静也没有听到呢？原来是晚上风大，正好是西北风，声音传不到这边来的。

从作案工具的锋利程度和斧子在地下置放的印迹来看，斧子是木匠用的偏刃斧。从留下的脚印分辨，偷树者是五个人，其中还有一个女人。本村子和邻村的木匠有十多人，这树究竟是谁偷砍的呢？

虎子所在的五塬村，年年栽树年年不见树。正如群众所说："春天栽，夏天拔，秋天熬了罐罐茶，冬天还是个荒山疙。"

为了管护好新栽的树，虎子的爷爷——文福老汉便自告奋勇，要当护林员。当生产队队长的虎子父亲文忠自然不同意，他说是满山遍野的新栽树木，他一个老头，腰来腿不来的，怎么能管护好山林呢？他管护不好，就不同于别人：别人管护不好了，当队干部的他可以训斥、处罚，可是自己的父亲管护不好，别人会说闲话的。他当了队干部，这些年也没有少得罪人，瞅着空抓把柄、说闲话的人不在少数。可是文福老爹却不信邪，他说："我就不信狼是个麻的，我就不信我管不好这片林子！"

虎子在学校受了老师的教育，也觉得管护好林木事关重要，就站在爷爷一边，冲着父亲说："老师说，造林护林光荣，我帮爷爷一起看护。"

爷孙俩这一坚持，文忠队长也不好说什么，就依了他们。

虎子才八岁，是小学二年级学生。自从他要求当了义务护林员，可操心了。放学回家做完作业后，他总是跑到树木子里，帮助爷爷做这干那，把父亲他们制定的《护林制度》请李老师写在他和爷爷泥好的墙壁黑板报上。下雨天，他和爷爷一起披着麻袋单子，把雨水引到小树窝子里面，还带着阿黑追赶啃树木的羊只和野兔，也监视制止进山林割草和放牧的人。去年他的一个远房舅舅在树林边上放牧奶羊，虎子像少年英雄刘文学一样，非要把他拉到公社去说理，搞得他舅舅交了十块钱的罚款才算了事。就因为这样，得罪了不少乡间邻里。这次树木被偷砍之后，就有人加大嗓门叫嚷、骂街："割一点烂草，都要罚款；那么多的树被人砍了，咋就没有人管？"甚至有人说："有贼偷的，咋没有社员用的？太不公平了，不如大伙儿私分算了……"闹得最凶的是村里冯木匠和他的儿子冯华。他们这种幸灾乐祸的情形引起了虎子的深思：是啊，为了村上的事情和这片林子，爷爷、父亲可没有少操心，也没有少与人骂架，尤其是与冯木匠一家。

虎子好不容易挨到下课，再也坐不住了，就约了平时最要好的五旦，二人悄悄地离开了学校，奔向树林。他们来得正巧，老远就看见山林那边乱糟糟的。

原来，树木被人偷砍了以后，队长文忠意识到问题的严重性，他怕老爹和儿子性急，闹出打草惊蛇的事来，就安顿说："怕是有人趁这当儿有意浑水摸鱼，扰乱视线，给我们施加压力。你们都不要发急，先回家吃点东西，我去向公社汇报。"

文福老爷子哪里能听进去儿子文忠的忠告？他心爱的树木被人砍伐了，他坐不住啊！

他决定明察暗访。老爷子逐家逐户串门子，留心各家的动向。当然最留心的是冯木匠家。当他进了冯家门，径直往后院走的时候，就被挡住了。冯华阴着脸说："你这老汉是吃饱了胀的还是咋的？今日明白告诉你，如今单干了，不是队长当政的大集体时代了，谁也管不了谁。你再不识好歹，就没有你好吃的果子。"

老爷子明明看到后墙角上突出了几根新白杨树的椽头子，就索性挑明说："不管是啥时候，还是共产党执政，谁损坏集体财产，也是不行的。我来问你，墙角立的是啥东西？"

老爷子执意要进入后院察看，这时冯木匠从里屋出来，向儿子冯华使了眼色，冯华就以阻挡为名，拉扯着推打了老爷子一顿。

冯木匠见露了马脚，又指示儿子打了文福老汉，就想进一步制造事端。他们串通了几户亲房党家和与村干部有过节的人四处活动，筹划了这次新的活动。

冯华握着偏刃大斧，边带头往林木里走，边咋呼叫嚣："太不公平了，树是大伙儿的，有他们夜里偷着砍的，还没有咱们明着要的？"

他的身后跟了一些不明真相的群众，都带着砍树工具。

眼看着漫山遍野的树木就要毁于一旦。

"住手！不——许——砍——树！"

正当他们进入树林里疯狂行动时，突然传来了清脆的童声。这是虎子的喊叫声。他和五旦边喊边跑，等他们跑到跟前时，树木已经被砍倒了好多棵。虎子急了，跑到带头砍树的冯华跟前，双手抱住树干，用他瘦小的身体护住树木。

冯华见小孩子护树，就将虎子的小手掰开，把他推倒在地。冯华父子一心掩盖前几次砍树的痕迹，欲盖弥彰，哪里把两个娃娃放在眼里，砍得更加起劲了。虎子二次护住树干，又被推倒。这次跌得劲大，屁股和胳膊摔得生疼。爷爷连忙颤巍巍地跑上前扶起孙子，心疼地说："虎儿，你小胳膊小腿的，哪能拧过人家的大腿啊？算了吧，只要党的领导在，这树他们终究是砍不便宜的。"

虎子像是没有听见似的看着一棵棵倒下的树木出神、喘气。咋办呢？又有几棵树被砍倒了，那"噼里啪啦"的响声揪着少年的心，斧子像砍在他心上一样发疼。胡耀邦爷爷对于全县防护林建设工程的重要指示还写在学校的黑板报上："这是你们的一件大事，只许为国家争光，不许为国家出丑……"每天放学时，老师都要给同学们讲一遍的。

想到这，虎子无意中抓到了自己胸前的红领巾，由此，他想起了在电影和小人书里看到的情节：有的少先队员追击敌人时，用红领巾做标记；有的小朋友挥动红领巾，救护铁路有了障碍物的列车……想到这里，他解开了自己的红领巾，猛然冲到了冯华跟前，把自己的脖子连同树木用红领巾绑在一起，双腿使劲夹住树干下端，五旦也学着虎子的样子，保护另一树树。爷爷一看两个小家伙这样行动，也赶紧解下腰里的羊毛带子，把自己绑在一棵树上，爷仨不约而同地大声呼喊："把我们砍倒再砍树，把我们砍倒再砍树！"

砍树的一些人看到虎子爷孙三个人撒了泼地保护树，也就不忍心再砍树了，收起了工具。可冯华父子却不理会这些，而是抛开被护的树木，去砍别的树。虎子眼明手快，赶紧解开红领巾，又以同样的办法保护被砍的树。五旦和爷爷也是这样，搅扰得砍树最凶的几个人无法行动，在树林里转团团。就在这时候，村干部文忠带着乡上的领导和林业警察来了。

冯华父子被戴上了手铐。

一年后，被砍的树茬上又发了新芽，显得很是嫩绿。被保住的大片林木更加茂密翠绿。虎子和五旦被团县委授予“红花少年”光荣称号，这片树林被命名为“红领巾林”。六一儿童节，团县委把一面红艳艳的少年先锋队旗和两条红领巾分别授予了五原小学和虎子、五旦两位少年。经提议，虎子和五旦一年前用过的红领巾悬挂在最高的两棵树干上，以警示教育人们，建设家园，管好树木。于是，一面红旗、两条红领巾随风飘扬，在绿树红花和蓝天白云的央衬下，显得格外醒目……

（原载于《六盘山文艺》1983年第3期。此次略有改动）

# 我的傻丈夫

在我还没有过门的时候，就听人风言风语地说，我那一口子是个傻子。我心里一直不踏实。为这事，我催娘专门把他叫来我家，相了一回面。

那时候，他高中刚毕业，是个十八九岁的小伙子，稍高的个头，略有点瘦。穿着一身褪了色的黄布衣裤，洗得发白，裤子膝盖上打着对称的补丁。白净的脸面，圆圆的脑袋，两道剑眉下一对眼睛忽闪着光亮，微笑时脸蛋上还有一对深深的酒窝儿。只是没有多余的话，好像心里总想着心事。我心中一块石头落了地。心想，这样的对象打着灯笼还难找哩，说他傻的那些人，真没来由。

人常说，话必有因，一点也不假。结婚后，他的傻劲儿就越来越明显地暴露出来了。

我过门的那天晚上，闹罢新房，到了“暖床”的时候，横竖找不着他，一家人和亲戚都很着急。找来找去，他却躺在大门外边的一个柴草垛上借着路灯看书哩。亲戚邻居都埋怨他，说他不该把喜事不当一回事。他只是腼腆地一笑。

听说他有些傻气，有好事的人就专门听我们的床根。暖床一毕，人们都退出了房间，可是他却不言不传，只是一个劲儿地看书，有时还在书上写写画画，好像不是在洞房花烛夜，而是在学校课堂温习功课。我实在瞌睡了，就轻轻地拉了他的衣角，催他快睡。他只是慢慢地抬起眼皮看了我一眼，又低头看他的书了，很入迷的样子。我以为是他害羞，就只好和衣躺下。等到鸡叫声惊醒了我时，我抬头一看，他歪在炕头上睡着了，书本掉在一边，笔还在手里攥着。我斗着胆子拉醒了他，才草草地完成了新婚第一夜的事情。

一连三个晚上，他都是这样，仿佛他的书比我这个新娘子还有吸引力。于是听床根的人便把这事情畅扬出去了，他的傻名声就越传越远了……

你说他傻，可真傻到家了。家里经常连调饭的盐也没有，他却把钱拿着胡糟蹋，不是买些书，就是置些庄稼人没见过的乱七八糟的零碎。家里的活计一把都不做，可专爱管闲事，谁家的鸡一月下多少蛋，谁家的羊一年下几只羔，谁家的地犁几遍、耕多深、打多少粮食，他都要问个根根茎茎。我忙了外头忙家里，他全然不体谅。白天不做活，晚上更淘气。说句不怕大家笑话的话，谁要是给他当女人，可真是倒了八辈子霉了，应名名有个丈夫，其实跟没有差不多，他多是后半夜才睡觉，总是不跟我亲热。有时候，我想说几句私房话儿，可他全然没有心思，你说东，他拐西；你说雨，他应风，牛头不对马嘴，说着说着便呼呼地睡着了，嘴里还念叨着啥子“平衡”“实践”“科技”，叫人哭笑不得。也许是他嫌我啰唆，就索性把铺盖卷搬到另一间房子里住宿了。唉，真是十八的丫头害奶疮——疼得挨不住，又羞得说不出。为这事，我没少在娘跟前哭闹过。

更让人胀气的事还远不止这些。就在我怀头身子孕的那年三月，有一天我收拾好的麦子，让他背去磨些面吃。当时他不晓得在写着啥，不肯去，而是让我去。我说我背不动，他说得轻松：“少背一些，多背几次。”我一赌气就把一口袋麦子一口气扛到磨面厂，磨完后又背了回来。结果，当天就流产了。你说气人不气人？

从这以后，我再也不爱理他了。平时跟他懒得搭话；饭做熟了，我也不喊他吃，也不给他端——他爱吃不吃。谁知他这个人还有那么傻愣劲儿，不吃不喝，也照样做他那抄抄写写的没眉眼的营生。

就他那个傻样子，还对生产队的事情很上心，这也看不过眼，那也不称心。前几年“农业学大寨”那阵子，全村人集中搞“大会战”，人家小伙子、大姑娘都干得热火朝天的，他好像故意磨洋工一样，不是抓一把土嗅，就是拔一撮草尝，一会儿量量这个，一会儿又看看那个，还掏出随身带的小本本写写画画的。队干部骂他“谝闲传”“羞先人”，他却与人家队干部争论，说是搞会战是在“瞎折腾”，是在破坏生态平衡；还不知天高地厚地给人家队干部提建议，不要再在山上搞啥子小平原，用这些人力财力植树造林，减少水土流失，改变广种薄收的现状才好。你想，他算老几，人家队干部能听他的？还不是全当傻话。别人一天挣十几分、二十分工分，他却只挣五六分、七八分，别的小伙子都不怎么理他，害得我总觉得脸上无光。

我也曾两次提出离婚，一是上了岁数的婆婆拉着我的手哭得可怜，说是我的老公公过世早，他从小失去了父爱，才渐次形成了那样的傻劲儿，叫我看在她寡妇拉扯儿子的艰难份上，带谅着过就是了。二是娘家妈也说好女不嫁二男，过上几年，他上了几岁，有了孩子就省事了。我只好认命。

你说他纯粹傻吧？也难说。这些年来，队上人一直没有怎么受穷，肚子也能吃饱，多少沾了他的光。就说十几前那件种洋芋的事吧，公社强调要栽种实生苗和芽栽，改变洋芋退化问题。从队干部到社员，都想不通，三推辞两耽搁，没种成。唯独他偏偏在自家的二亩自留地栽上了自己育的洋芋芽子，结果当年获得了大丰收，挖了上万斤洋芋，自家吃不完，还解决了一些亲戚邻人的缺粮困难。他这一带头，受到了公社领导的表扬。第二年大伙儿就主动搞芽栽和实生苗，结果产了很多洋芋，除了吃用外，还磨了许多淀粉做了粉条，卖了好价钱。直到现在，若是有人说他傻的时候，总会有人提到那件事，替他辩解。说来也怪，你看他不言不传、傻不拉几的，可也办了不少好事。自从实行农业生产责任制以来，我家的庄稼比谁家的长势都旺，打的粮食自然也多。我家的四只老母鸡一年四季不抱窝，天天产蛋。我家的母羊还下过几回双胎羔。有人说：傻子有天养活哩。

我娘说："哪是傻子天养活啊？是他长大了，灵性了。"

我看也是。近几年，他眼看不过去的家务活儿也能帮我做；庄稼地里也跑得勤了，一回到家里，我忙着做饭，他就跑到羊圈里或者鸡窝前，看看这，又捣鼓那，不时地在小本本上写写画画的。

我们结婚十多年了，他的脾气我总是抓挖不透。你说是他省事了，可是最近我们又淘气了，闹得很凶哩。是这么回事：这几年我们手头宽裕了，我给了他一百块钱，让他购买几袋子化肥，剩下的钱给我扯一件料子布，做件像样的衣裳。谁知他只买了化肥，却把其余的钱全购买了书。我一问，他还蛮有理由的，说是化肥不施不行，得买；衣服嘛，有旧衣服凑合着穿就行了，反正没有光身子。我听了哪有不生气的？人家的媳妇姑娘都穿涤纶、抖涤卡，我穿的还是过门时娘家陪嫁的条绒衣服，早不时兴了。一胀气，我就顺手把那些书塞进灶火里。这下子他可急了，一边用手往外掏书，一边叫骂我："狗日的太欺负人了！太欺负人了……"

我一看他真的动气了，眉毛和头发也被灶膛里喷出的火烧燎焦了，手也被火烧烫了，就有些不忍心了。我停止了拉风匣，连忙用拨火棍把书拨出来，结果书已经被烧焦了，焦黑拉几的样子。他一看书被烧成这个样子，就动手打我。我一看他真生气了，来势猛然，生怕吃亏，就一边躲闪，一边大声说："别打了，我给你赔，我给你赔！"

他放下手中的拨火棍，骂骂咧咧地回到了他的房间，再也不理我了。一连几天，硬是不吃饭。我又后悔了。这些年来，虽说是他不称我的心，可是他脾气好，对我连大话也没有说过，家里的一应事情都是我说了算数，一切由我摆布。有时我骂他，他也只是“嘿嘿”一笑，从不动怒的。今天他动了粗，不是掏先人，就是嚼祖宗，还动手打我，兴许是给气得劲大了？唉，真划不来，这么多年都熬过来了，娃娃都快十岁了，多年的媳妇熬成了婆，何必呢？

人说妇人家是贱辈，有几分道理。看着他不吃不喝，不理我，我又心疼他了。就打了荷包蛋，烙了油旋饼，给他端了去。这不生气的人啊，一旦着了气，可真麻达。他看见我进屋了，一扭身子又睡了，给我一个后背。我动了手，一边抚摸他的身子，一边给他下话，赔不是，他才消了气。

他给我说了实话。他把他这些年来写的本本，收集的坛坛罐罐和草木标本，都取出来给我看，说是他在搞啥子实验。说是他不为别的，是为了改变农村落后面貌，也想活出个人样儿来。

我叹了一口气说：“唉，你可决心真大，你咋给我不早说？”

我这样说，其实心里却犯嘀咕：你有那么大的能耐吗？真是胡造孽哩，没撒泡尿照一下，一个土包子，有那么大的气候吗？

正在这时候，大门外有汽车响声，“嘟嘟嘟”的。我想，我家人老五辈子都跟小卧车无缘，不知道小车里坐的是啥人物？找谁哩？

这时就有人一边敲门，一边喊话：“俞广学同志在家吗？”

我一听是在叫他的名字，就连忙走去开了大门，对面站着五个干部模样的人，路上停放着一辆小卧车。除了乡上的杨书记我见过外，其他几个人都不认识。

有个年轻的干部就问道：“俞广学同志在这里住吗？”

我连忙说：“就是的，对着哩，他是我家那一口子。”

这时他也闻声从小房出来，走近了大门。杨书记等几个立即把目光一齐投向他。杨书记又问道：“你是俞广学吧？”

他笑了笑，说：“嘿嘿，是我。”

这时旁边就有一位领导模样的中年人伸过了手，握住了他的手，说：“广学同志，你默默无闻从事农业科研工作十多年，取得了很大成绩。恭喜你。你写的《宁夏南部山区生态平衡探索》一书，我们组织专家审定了，很有科学价值，已经上报出版社，决定出版发行。”

我一听连忙把他们请到屋子里。

杨书记边进屋边高兴地说：“呵呵，莫想到，这看不出来的匠人修高楼哩。平时看起来老实巴交的小伙子，还有这本事，祝贺你，我们的广学同志！”

接着，杨书记介绍了其他四位客人，为首的领导是自治区科委的主任，一位是县科委主任，还有一位是县委宣传部的部长。那个最年轻的小伙是司机。

宣传部的领导说：“今天我们来得突然，是想给你一个惊喜。县上最近要召开一个很重要的会议，请你在会上做关于保护生态平衡的学术报告。你准备一下，过几天来车接你。”

县科委主任把一叠钱送到他的手上，说：“这是你的一点辛苦费，五千元，先拿着花用，等书出版了再给你结算稿费。”

“啊？”我简直不相信这是真的，不会是在做梦吧？

我定睛看了看房门台子上站的五个人，又抬头看了看天空，天空红日高照，暖洋洋的。

我的眼睛里一下子溢出了泪水，心里说：广学，我的好丈夫，你可一点也不傻啊！

（原载于《六盘山文艺》1983 年第 4 期，《宁夏群众文艺》1984 年第 1 期转载。此次略做改动）